Als Karli kam ...

Monika Lucia Zistl

Als Karli kam …

Ein Katzenbuch

In Liebe –

Bibliografische Information der Deutschen Nationalbibliothek:
Die Deutsche Nationalbibliothek verzeichnet diese Publikation in der Deutschen Nationalbibliografie; detaillierte bibliografische Daten sind im Internet über
< http://dnb.d-nb.de > abrufbar.

Satz, Umschlagdesign, Herstellung und Verlag:
Books on Demand GmbH, Norderstedt
ISBN: 978-3-8334-7202-2

»Die Größe einer Nation lässt sich daran ermessen,
wie sie ihre Tiere behandelt.«

(Mahatma Gandhi 1869–1948)

Vorwort

Die Katze.
Symbol für Freiheit. Abenteuer. Selbstbewusstsein.
Anhänglichkeit. Zärtlichkeit. Weichheit. Schönheit.
Familiensinn. Selbstständigkeit. Beharrungsvermögen.
Ausdrucksstärke.
Vorsicht. Ängstlichkeit.
Verspieltheit. Lässigkeit. Arroganz. Liebenswürdigkeit.

Die Katze.
Welch ein vollkommenes Wesen der Schöpfung.
Welch eine Trauer, wenn wir sie verlieren.
Welch eine Erfüllung, wenn sie bei uns wohnt.
Welch ein Geschenk.

20. September 2005

Ich habe eine Katze. Karli. Seit heute.
Karli, der Getigerte. Der Schöne.
Wir haben gerade das Katzen-Türen-Ein-und-Ausgehen geübt.
Und als Belohnung etwas zu essen und zu trinken.
Er wird sich jetzt seine Plätze suchen. Seine. Katzen sind ja eigen. Eigensinnig in ihren Entscheidungen.
Karli hat auch mich ausgewählt. Zäh, unbeirrbar, liebevoll, ausdauernd.
Seit Wochen liegt er vor meiner Tür bei der Terrasse auf dem dicken Sisalfußabstreifer. Er gehört mir ja gar nicht. Eine fremde Katze. Jung, hübsch. Aber nicht meine. Ich sagte »Hallo«.
Und was ich seit Jahren ganz sicher wusste, war, dass ich im Leben kein Tier mehr haben will.
Ich hatte mich damals schon so verausgabt. Eine kranke, todgeweihte, junge Katze. Ich hatte sie aufgenommen, um ihr eine Überlebenschance zu geben. Sie war so krank. Ich hatte sie noch zweieinhalb Jahre. Solch eine Liebe. Solche Sorgen. So viel Tierarzt. Mein Herz blutete all die Zeit. Und dann starb sie auf meinem Schoß. Vertrauensvoll. Geborgen.
So viel Traurigkeit. Der Schmerz. Der Verlust.
Aber das Freisein dann.
Und nie wieder wollte ich ein Tier.
Doch nun war Karli da. Er war so dünn. Und bettelte mit großen, runden, fragenden Augen. Und schnurrte.
So lange habe ich mich gewehrt. Dann bekam er täglich eine Mahlzeit.
Und der Sommer ging dahin. Es wurde schon so kalt. Und da wusste ich, wenn die erste Schneeflocke fällt, werde ich ihn hereinlassen. Aber es ist ja erst September.
Ich wusste auch in etwa, wohin er gehört. Ich musste das »Herrchen« ausfindig machen.

Auf einmal aber beschleunigte sich die Sache wie mit Zeitraffer. »Herz« war stärker als »Kopf«.
Seit heute Früh halb sieben Uhr hole ich Decken und Kissen aus meinem Schrank und überlege, wo seine Fress- und Trinknäpfe stehen werden.
Er liegt nun satt und glücklich, immer wieder schnurrend, auf der Eckbank. Ich werde fahren und ein gemütliches Körbchen für ihn kaufen.
Hallo Karli, willkommen in meinem Leben.

Dann hatte ich den zuständigen Katzenbesitzer gefunden. Er sagte mir am Telefon, Karli, der bei ihm »Farid« genannt worden war, sei schon lange bei ihm ausgezogen. Nie mehr wieder zurückgekommen. (Noch kommt mir nicht der Gedanke, die Frage, wieso er nicht sagte, dass er seinen Kater schon so sehr gesucht hat, in der Nachbarschaft herumgefragt hatte …)
Er erzählt, dass seine andere Katze Karlis Schwester sei, »Rana« heißt, gerade sechs Junge hat und Karli das Gekrabbel und Gequietsche wohl nicht mochte und deshalb ausgezogen sei.
Warum hat er ihn nicht gesucht?
Ich bekomme Katers Papiere, Tierverein-Ausweise, in den Briefkasten gesteckt. Der Kater ist gerade ein Jahr alt und auch schon kastriert. Hat einen Nummernchip unter der Haut. Prima. Ich melde ihn um beim Tierverein, gebe die Namensänderung auf Karli bekannt. Spende für den Tierverein. Bringe Karli zur Tierärztin. Generaluntersuchung. Entwurmung.

Er ist jetzt offiziell MEIN KATER.

2. Oktober 2005

Die erste Maus

Natürlich. Natürlich musste es irgendwann geschehen. Was hatte ich denn gedacht. Wie konnte ich nur einen Funken Hoffnung tragen, dass dieser Kelch an mir vorüberginge.
Nach eineinhalb Wochen »Karli« war es nun ein »Karli mit einer Maus«.
15 Jahre nicht mehr Katzensprache gesprochen – aber ich verstand sofort …
Ich hatte Karli nicht hereinkommen gesehen, aber ich hörte sofort seine Nachricht.
Karli sagte: »Hier, komm, schau, ich habe dir eine Beute erlegt und mitgebracht!«
Ich wusste also, dass ab jetzt DAS SPIEL gespielt würde.
Die Frage war nur jedes Mal noch: Maus? Vogel? Salamander? – Tot oder lebendig?
Er war so stolz. Und aufgeregt. Und er konnte es nicht verstehen, dass ich sie ihm mit einem Tuch wegnahm. Eine süße, kleine Spitzmaus. Ich zeigte ihm, dass ich sie hier in diesem Tuch hatte, aber das verstand er nicht. Ich lobte ihn auch noch, beruhigte ihn. Er suchte sie noch eine halbe Stunde lang überall. Dann ging er frustriert an den Fressnapf und durch die Katzenklappe davon.
Wie alt werden Katzen?
Nun werde ich jeden Morgen vorsichtig über die Teppiche gehen, wenn ich herunterkomme und möglichst nicht barfuß. Wenn ich ein Rascheln irgendwo höre, dann werde ich auf dem Bauch liegend unter dem Schrank nachsehen. Oder wie?

14. Oktober 2005

Unerlaubte Mahlzeiten

Karli springt »nie« auf die Küchenanrichten. Er ist so brav. Eines Morgens komme ich in die Küche und da liegt auf dem weißen Resopal eine einsame Tannennadel. Aha. Was habe ich mit Tannennadeln zu tun gehabt? Nichts. Vor allem aber weiß ich, wie ich abends meine Küche verlassen habe. Picobello oder auch nicht – aber ich weiß es. Das war Hinweis Nr. 1.
Dann hatte ich einige Tage meine drei Enkel als Logiergäste. Wir waren natürlich in den Supermarkt gefahren und hatten eine Menge »Überraschungs-Eier« gekauft. Das sind ovale Schokoladenhüllen und im hohlen Innenraum sollte in jedem siebten Ei eine Figur aus dem Kinder-Comic-Film »Sponge-Bob« enthalten sein. Kinder sammeln immer wieder jeden Schrott. Alle halbe Jahre ist da eine andere, neue Serie, mit Überraschungsfiguren innseitig. Aber mit Großmüttern kann man das machen. Großmüttern macht es Spaß, auch wenig sinnvolle Kinderwünsche zu erfüllen.
Also, wir hatten nun eine Menge Schoko-Eier-Hälften. Drei Stück blieben übrig, welche nicht gegessen wurden. In einem Schälchen standen sie nun über Nacht in der Küche. Am Morgen war das Schälchen dann leer und es lagen noch einige Mini-Schoko-Krümel auf der Ceran-Herdplatte.
Schmunzelnd diskutierten wir den Fall. Jetzt war ja alles klar. Karli inspiziert nachts die Küche in den oberen Regionen. Finde ich gar nicht toll. Das macht jeden Abend zusätzliche Überlegungen nötig. Und auch tagsüber kann man nicht trauen. Für eine Küche eigentlich unmöglich.
Aber Karlis Weg führt mit den Katzenklappen eben von der Terrasse durch die Garage, in den Wirtschaftsraum, wo die Fressschälchen stehen und weiter durch die Küche in die Wohnräume.

Den nächsten Tag wollte Adam in die Schule eines von den Croissants mitnehmen, welche ich gekauft hatte. Über Nacht lagen sie, schon vorbereitet, in einem kleinen zugeknöpften Plastikfrühstücksbeutel in der Küche. Am nächsten Morgen lag eines im Nebenraum auf dem Boden bei Karlis Essenstöpfen, das Plastik aufgerissen und das Croissant zu drei Viertel gegessen. Ich hoffte inniglich, dass Karli kein Plastik mitgegessen hatte. – Er hatte wohl nicht.

Die darauf folgende Nacht muss er ein aufregendes Menü gehabt haben. Eine Maus. Am Morgen lagen vor seinen Fressnäpfen zwei blutige kleine Organklumpen. Das eine wohl die Galle, das andere wahrscheinlich der Magen. Man sagt, diese lassen sie liegen. Karli hatte also schon Erfahrung, was schmeckt und was nicht und wie man das so zerlegt. Es sah recht professionell und ordentlich aus, wie der Rest dalag.
Karli zeigte mir dann auch noch aufgeregt, wo überall in den Räumen die Maus gewesen ist.
Er muss sie also erst mal lebend mit hereingebracht haben.
Ich schiebe genauere Überlegungen einfach weg.
Beschließe, gedankliche Details abzuhaken, ohne mich darauf einzulassen.

20. Oktober 2005
Halb elf Uhr abends.

Gerade hatte ich drei Stunden Malkurs gegeben. Wir kommen aus dem Schulungsraum in die Wohnräume. Hier hat in der Zwischenzeit eine Katzenparty stattgefunden. Karli hat es wohl nicht verhindern können, dass seine Schwester, die ja nur in der Nachbarschaft, zwei Häuser weiter, wohnt, durch die Katzenklappen mit hereingekommen ist.

Sie kam die letzten Tage dauernd mit ihm an. Durch die offene Terrassentür herein. Ich habe sie immer wieder, liebevoll, mit erklärenden Worten, hinausgebracht. Wahrscheinlich zu liebevoll. Aber sie ist ja so entzückend. So ein feines, hübsches, kleines Gesicht. Eben ein Mädchen. Sie ist auch grau-schwarz-braun-beige getigert, mit einem kleinen bisschen mehr »Rötlich« im Fell. Wenn man nicht aufpasst, verwechselt man sie leicht mit Karli.

Nun sitzen also zwei Katzen vor uns, mit großen, runden, grünen Augen und sie scheinen mir etwas »durch den Wind« zu sein.

In der Küche ist der Boden bedeckt mit Schokoteilen und zwei verschmierten, angegessenen Lebkuchen. Auch auf der Anrichte Krümel. Eine ziemliche Sauerei. Wie konnte ich nur eine Schale mit Lebkuchen dort stehen lassen. Ich wusste es doch!

Karli scheint richtig verstört. Sein Zuhause ist plötzlich erfüllt mit lauter redenden Leuten und der Katze, die nicht hierher gehört. – Haben Katzen auch ein schlechtes Gewissen? Immerhin hatten die beiden ja gerade etwas angestellt.

Ich nehme energisch die fremde Katze und schicke sie durch die Katzentüren ins Freie. Karli steigt wütend fauchend und mit komischen Tönen schimpfend hinterher. Karlis Fressnapf steht leer da. Wer wohl? Wer ist nun hungrig, wer ist satt? Wirklich hungrig ist sowieso keiner. Ich fülle den Napf voll, neuerdings mit einer gesteigerten Menge – für zwei Katzen.

Meine Kursteilnehmer gehen nach Hause.
Ich setze mich ins Wohnzimmer. Höre plötzlich komische Geräusche. Den Geräuschen nach müssten jetzt Stoffteile und lange Fäden aus meinen Sitzpolstern beim Esstisch hängen.
Es ist Rana und sie hat ein winziges Junges dabei. Eine Handvoll rotes Fell. Beide sitzen auf einem Stuhl. Um einen Absturz zu vermeiden, hebe ich beide hinüber auf die Eckbank. Da liegt sie nun schnurrend und säugt ihr Kind.
Inzwischen ist es nachts halb zwölf. Überlege, was ich jetzt mit dieser Situation mache. O.K., ich schnappe mir eine Decke, polstere damit den Rücksitz meines Autos in der Garage, schnappe mir die Mutter-Kind-Idylle, bringe die beiden ins Auto. Die Katzen sind etwas erstaunt, was ich aber nicht berücksichtigen kann. Mein Weg ist ja nicht sehr weit, aber als ich beim Haus des Katzenbesitzers ankomme, klemmt mir Mutter-Katze bereits zwischen Steuerrad und Bauch. Sie will beleidigt und empört sein, als ich beide auslade. Aber dann erkennt sie ihren eigenen Hauseingang und ist ganz happy.
Nun sitze ich hier und schreibe und meine Ohren hören dauernd Katzentüren klappern, dann wieder intensives Schnurren – aber es ist niemand da. Ich phantasiere also.
Das Fressnäpfchen ist hoch gehäuft gefüllt – wer weiß, wie viele Katzen sich heute Nacht davon ernähren müssen.
Überhaupt, wie wird sich alles noch entwickeln? Die Katzendame soll sechs Junge haben. Werden morgen nacheinander alle hier einziehen?
Es ist jetzt spät in der Nacht. Wo bleibt eigentlich Karli? Bis vor einem Monat war mein Leben recht geordnet. Vor allem hatte ich keine frei durchgängigen Katzenklappen. Die zwei Klappen stammen noch aus der Zeit vor 15 Jahren, als ich diese so kranke, kleine Katze »Musch« hatte. All die Jahre seitdem waren sie natürlich geschlossen. Nun sind sie wieder geöffnet. Freier Verkehr für Jedermann?

23. Oktober 2005

Für den kleinen roten Kater habe ich in der Garage ein Holzkistchen vor die Außenklappe gestellt. Der Kleine würde alleine diese hohe Stufe nicht hinaufkommen und somit nicht hinauskommen.
Übrigens: In das im Wirtschaftsraum unter dem Waschbecken versteckt aufgestellte Katzenklo gehen nur die beiden »Fremden«, Rana und ihr Kind, nie Karli. Er geht im Freien.

Abends gemütlich im Fernsehsessel:
Ein Blick um die Sessellehne. Da ist im Dämmerlicht eine Katze in einer sonderbaren Haltung. Sie gibt eigenartige Töne von sich. Na klar. Wird doch eine Maus im Spiel sein. Oder? Also bequeme ich mich aufzustehen. Lobe Karli. Nehme ihn von der Maus weg –
Sie liegt still, ist also tot.
Zeremoniell wie gehabt.
In einer Plastiktüte wartet die tote Maus nun in der Garage auf den nächsten Tag, wenn der Müll abgeholt wird. Da wird sie mit »auf Tour« gehen.
Setze mich wieder in den Sessel. Es läuft inzwischen ein ganz anderer Film.
Aus dem entfernten Bügelzimmer (Wirtschaftsraum) höre ich Geräusche. O.k. Irgendjemand ist am Trockenfutternapf. Knirsch-Knirsch. An der Art des Kauens erkenne ich, dass es wohl Rana ist. Sie isst hektisch, laut und verteilt angekaute Reste außerhalb des Schälchens. Sie kommt auch nach dem Essen gar nicht weiter herein. Die Klappe klappt. Sie ist wieder gegangen. Was schert es mich, was soll ich mich aufregen, hier kommt und geht und isst jeder, wie er will. Ich fülle nun öfters am Tag die Schälchen auf und achte darauf, dass wenigstens Karli zur richtigen Zeit sein Fleischtöpfchen bekommt.

Und hier, glaube ich zu wissen, liegt mein gravierender Fehler!
Ich hätte überhaupt keine Fressschalen mehr aufstellen dürfen, wenn ich keine Katzenscharen mehr hier haben will. Karli hätte sich schon an bestimmte Zeiten gewöhnt. Hier liegt der Knackpunkt. Hier habe ich es versäumt. Ich hätte rational reagieren müssen und bekomme nun stattdessen halbe bis dreiviertel Nervenzusammenbrüche und Verzweiflungsanfälle. Bringe Rana und ihr Kind dauernd und zu allen Tag- und Nachtzeiten, per Auto und zu Fuß, zu sich nach Hause. Versuche, es so einzurichten, dass sie zu Hause bei ihrem Herrchen sind, wenn Abendbrotzeit ist, wenn ich so gegen halb sieben abends meine, dass Arbeitsschluss ist und er zu Hause ist und seine Katzen sehen möchte. Bin ich vor Blödheit noch zu retten?

Anfang November 2005

Wohlgemerkt noch einmal: Ich wollte grundsätzlich nie mehr ein Haustier. Ich wollte frei über meine Zeit verfügen. Nicht gebunden sein. Ich habe genug zu tun mit meinem Beruf als Malerin. Mit meiner Malschule, Seminaren im In- und Ausland, mit Ausstellungen im In- und Ausland – ich habe einfach eine Menge zu tun.

Aber es ist plötzlich alles anders, und ich weiß eigentlich nicht, wie ich das weiterhin auf die Reihe bekommen soll.

Ich liebe meinen Kater Karli. Er kam zu mir, um dem »Junge-Aufzieh-Gewurle« zu Hause zu entfliehen. Er war heimatlos geworden, ich habe dem Elend ein Ende bereitet. Eine einzelne Katze kann man an einiges gewöhnen, zum Beispiel auch daran, dass sie das Haus meiner Tochter kennen lernt und sich dort »zu Besuch« wohl fühlt und es in Ordnung findet, dass ich sie dann wieder abhole. Meine Enkelkinder lieben Karli, wären begeistert. Aber es ist ein bisschen anders geworden.

Horrorzeit. Hier war ein Tollhaus. Besetzung durch drei Katzen.

Nun kommen täglich Rana und ihr Kleines, »das rote Fellbündel«, hierher, zu mir ins Haus.

Tag und Nacht kommen sie und fressen sich die Hucke voll, toben wie die wilde Jagd, steigen auf alle Tische, Möbel, schärfen sich die Krallen an den Polstersesseln, Sofas, Teppichen, Stuhlkissen.

Und sie sind so entzückend, liebenswert, vertrauensvoll, zärtlich, glücklich.

Sie finden es natürlich herrlich hier (mit solch einer durchgeknallten Herrin, die das zulässt).

Sie kennen alle Verstecke über, unter und hinter den Dingen, damit rechnend, dass ich sie einfange, auf den Arm nehme und (liebevoll) vor die Tür setze. Heimschicke.

In 15 Sekunden sind sie wieder drinnen, falls es mir nicht gelingt, in Sekundenschnelle die Katzenklappe zu schließen. Zweimal hat Herrchen sie schon abgeholt. Er sorgte sich darum, wo Mutter und Kind wohl stecken. Nun weiß er, wie es da aussieht, wo seine Lieben immer sind und auch, wo Karli sein Heim gefunden hat, aber er hat nicht die entfernteste Ahnung, was das alles hier ausgelöst hat.
Das Schlimme: Karli ist dabei total unglücklich, er lehnt das Kleine ab, faucht es an, läuft verwirrt herum, isst schlecht und kommt nur noch selten und ungern heim.
Was soll ich machen, ich muss mich ja kümmern. Neulich fand ich das kleine Fellbündel nachts um zwei Uhr (was hatte ich da für eine Eingebung – zu einer Zeit, da jedermann schläft, nachzuschauen) zusammengekauert, alleine in der Garage neben dem Kistchen bei der Katzenklappe hocken, als draußen ein Sturm tobte. Ich habe in Windeseile ein Körbchen gerichtet und das nun schnurrende Kätzchen hineingelegt. Es rollte sich sofort glücklich ein und schon fielen ihm die Äuglein zu. So hat es das erste Mal bei mir übernachtet.

Inzwischen habe ich diese zwei Katzen 33 Mal nach Hause getragen/gefahren.
Da sagte ich mir: Ende! Aus! Nicht ein einziges Mal mehr bringe ich diese Tiere heim!
Das Kleine wird inzwischen den Heimweg wissen und kapieren, dass es laufen muss. Rana ist oft nicht mehr dabei. Sie ist so schlau, setzt manchmal das Kleine bei mir ab und geht. Ich verstehe es. Sie möchte ab und an ein paar Stunden alleine haben. Der kleine Kater muss auch jetzt aufhören, immer wieder bei der Mutter zu nuckeln. Rana ist inzwischen sterilisiert worden und es kommt sowieso keine Milch mehr. Das Nuckeln ist nur noch diese schöne Gewohnheit.
Mir ist plötzlich eine sehr interessante, überlegenswerte Va-

riante eingefallen: Es kann doch sein, dass Rana damals ihr Kind zu mir gebracht hat, weil ihr Herrchen bereits fünf Kätzchen des Nachwuchses weggegeben hatte, wie er mir später sagte. Er wollte nur den kleinen roten Kater behalten. Hatte Rana Angst, auch ihr letztes Kind würde verschwinden? Und sie wollte es retten, in Sicherheit bringen, dorthin, wovon sie wusste, dass es ein gutes Plätzchen für ihr Kind sei.

10. November 2005

Ich bin gerade im unteren Garten mit einem Herrn, welcher mir hilft, den Garten winterfest herzurichten, als ein bis ins Mark dringendes Geschrei der Saatkrähen loslegt. Oder sind es Raben? Sie wohnen zurzeit im Garten schräg gegenüber, in einer riesig hohen Hemlocktanne. All die Tage ging uns dieses kreischende Geschrei schon durch Mark und Bein, wenn sie ihre Runden von Baumkrone zu Baumkrone zogen. Mit einem leichten Schauer sah man hinauf zu diesen großen schwarzen Tieren, die immer im Pulk flogen. Man hatte das Gefühl, sie riefen sich Parolen zu, antworteten, hegten einen Plan – und man zog unwillkürlich die Schultern ein bisschen zusammen.

Auch diesmal dieses Gekreische, doch plötzlich wird es übertönt von einem anderen schrillen Schreien in Not.

Und ich sage zu dem Mann: »Da hat doch ein Tier geschrien.« Wir stehen still und lauschen in die Richtung, aus welcher diese Schreie wohl gekommen waren.

Da hebt das Gekreische der Vögel wieder an. Es sind vier oder fünf schwarze Kerle, die wir sehen. Sie stürzen sich gerade im Flug schreiend aus ihrem hohen Baum in den Garten hinunter – und wieder dieses Schreien eines Tieres in Todesangst.

Ich sage nur: »Das ist eine Katze.« Schon bin ich unterwegs. Renne. Klatsche in die Hände. Der Weg kommt mir so weit vor. Es sind vielleicht 30 Meter von Gartentür zu Gartentür. Ich strecke meinen Kopf über das hohe Tor und rufe »Karli, Karli!«. Ich will schon aufgeben, der Garten liegt jetzt in völliger Stille da. Das Haus ist zurzeit gar nicht bewohnt, denn die älteren Leute verbringen diese kalten Monate im Süden.

Das Gartentor ist abgesperrt. Ich schaue drüber und suche mit den Augen das Gelände ab, so weit ich etwas sehen kann – da sitzt im Gebüsch direkt rechts vom Tor hingekauert, wie versteinert, eine kleine graue Gestalt. Es ist mein Karli. Ich kann es kaum fassen. Er ist unansprechbar, bleibt erstarrt. Ich bekomme das Tor nicht auf. Drübersteigen geht wohl nicht, es ist ganz glatt und hat obendrauf so eine Gitterkonstruktion. Aber ich weiß, dass Karli immer, wenn er in diesen Garten geht, den er wohl sehr liebt, an der Gartenecke hineinsteigt. Genau konnte ich das Loch noch nie orten, denn Karli verschwindet immer im hohen, nie gemähten Unkraut und Gras am Wegrand und plötzlich ist er wohl drinnen, denn er bleibt dann weg. Alles ist voller Buschwerk, man kann den Garten nicht einsehen.

Also gehe ich auf der Straße am Zaun entlang in Richtung dieser Gartenecke, rede mit Karli, den ich nicht sehe, rufe ihn, locke ihn, in der Hoffnung, dass er es kapiert. Er hat es verstanden. Er taucht plötzlich zwischen Unkraut und Gras auf – er ist da. Wir brauchen nur noch über die Straße zu gehen, durch mein Haupteingangs-Gartentor, durch den Vorgarten, in das Haus und da sehe ich schon Blut tropfen. Karli geht neben mir her, während ich tröstende Worte spende. Der Weg bis in die Küche ist blutvertropft. Armes Mäuschen. Er ist noch im Schock, lässt sich abtasten, vorsichtig. Beide Öhrchen sind verletzt. Ein Ohr an der Spitze eingerissen. An beiden Körperseiten Wunden. Zum Glück hat Karli Vertrauen zu mir und meinen Handlungen.

Natürlich fahren wir zur Tierärztin. Karli bekommt eine Tetanusspritze und Heilsalbe, die ich ihm noch mehrere Tage lang aufstreichen soll.

Mein kleiner lieber Kater musste so Schreckliches erleben. Den Wunden nach zu urteilen muss ihn eine der Krähen mit den Krallen rechts und links am Körper gepackt haben – und er muss sich gewehrt haben. Er hat lauter blutige Stellen an den Körperseiten, von vorne bis hinten.

Eine Wunde im Nacken und beide Öhrchen mit dem Schnabel angebissen.

Die Wunden werden Wochen benötigen, um zu verschorfen

und zu verheilen. Die Öhrchen bleiben vom Biss gezeichnet, wenn auch nicht stark. Das rechte Ohr bleibt an seiner Spitze ein wenig eingerissen. Auch nicht stark.
Im Ganzen steckt Karli sein Erlebnis einigermaßen gut weg. Er geht auch wieder in diesen einsamen Garten. Dennoch wird in seinem Seelchen etwas hängen bleiben.
Die Saatkrähen scheinen herumzuziehen. Von Zeit zu Zeit fallen sie wieder hier ein, in unserer Gegend, machen ihr Riesengeschrei, bleiben tagelang da – dann ziehen sie wieder woandershin.

Dezember 2005

14 Tage bin ich verreist. Stelle in Florenz auf der »Biennale Internationale« meine Bilder aus. Das erste Mal verreist, seit ich Karli aufgenommen habe. Wer versorgt ihn? Meine Tochter Marion ist mit ihrer ganzen Familie zu mir gezogen, um ihn zu »hüten«. Die drei Kinder sind vor Katzenglück aus dem Häuschen. Alles läuft gut. Danke, Marion.
So werden wir uns abwechseln. Ich versorge hie und da deine Kinder, du versorgst hie und da meinen Kater.

Rana und ihr kleines rotes Katerkind kommen immer noch regelmäßig. Tag und Nacht. Manchmal sitzen drei Katzen in der Halle, wenn ich morgens herunterkomme. Es schauen mich sechs große Äuglein an, fast vorwurfsvoll, sicher aber fragend, denn die Essschälchen sind über Nacht leer geworden. Frühstück ist angesagt. Ob sie alle hier übernachtet haben? Warum frühstücken Rana und der Kleine nicht zu Hause?
Gestern fiel mir ein, dem anderen »Herrchen« vorzuschlagen, vielleicht das gleiche Lieblingskatzenfutter zu kaufen. Dann würden seine Katzen nicht mehr dauernd zu mir kommen, um zu fressen. Wäre ein Versuch.

Karli hat sich an den kleinen Kater gewöhnt. Er ist ja nun schon etwa vier Monate alt.
Er nervt Karli ungeheuerlich, weil er ihn anspringt, sobald er ihn sieht. Von allen Seiten, aus allen Ecken. Der Kleine (der immer noch keinen Namen hat, sagt sein Herrchen) hat nie Angst vor Karlis Fauchen, ist frech »wie Oskar«, fordert ihn dauernd zum Spielen, Kämpfen heraus. Manchmal spielen und toben die beiden, bis ein Quietschen, Aufjaulen und Wehgeschrei ertönt. Manchmal aber bleibt Karli bei den Angriffen einfach sitzen wie ein Macho, hebt nur die Pfote oder dreht den Kopf weg, um auszuweichen, lässt das Gehüpfe und Getue an sich vorbeigehen.

Außerdem erkenne ich, dass sich ein sogenanntes Rudelverhalten entwickelt hat. Karli ist der anerkannte Boss.
Es ist Winter geworden. –
Wenn Karli und Rana über das Eis des Weihers toben, zwischen den Binsen »Anschleichen« spielen und im Kampfspiel verknäult meterweit über das Eis schlittern, dann ist es immer Rana, die, vor ihm in Demutshaltung auf dem Rücken liegend, das Spiel beendet. Sie gibt auf.
Er ist der Boss. Er nimmt es als selbstverständlich und lässig. Aber er ist sehr rücksichtsvoll und liebevoll, ohne diese Vormachtstellung zu sehr heraushängen zu lassen.
Rana und er begrüßen sich übrigens immer mit vielen Küsschen gegenseitig. Karli und der Kleine riechen sich gegenseitig unter dem Schwanz.

Seine totale Liebe und Zärtlichkeit zeigt Karli bei mir. Einen anhänglicheren, verschmusteren Kater kann es gar nicht geben. Es ist herzberührend, wie er mir seine Zuneigung, seine Zugehörigkeit zeigt. – Wenn er gerade Zeit dazu hat. – Außerdem haben wir gegenseitig schon ziemlich gut unsere Sprachen zu verstehen gelernt.

15. Dezember 2005

Tanz im Licht – Vollmond.

Morgens drei Uhr. Blick aus meinem Schlafzimmerfenster im ersten Stock.

Die verschneite Wiese meines Gartens liegt im Vollmondlicht und der Schnee glitzert überirdisch.

Ein Märchen aus »Tausendundeiner Nacht« – und meine Katze tanzt. Im Mittelpunkt der weißen Fläche.

Erst denke ich, sie hat eine Maus gefangen, denn sie macht kurze Sprünge in alle Richtungen.

Hüpft mit Katzenbuckel und allen vier Beinen gleichzeitig in die Höhe. Schiebt den Schnee mit den Vorderpfoten. Und wieder nach rechts und wieder nach links und hin und her und schnellt sich in die Luft. Dabei stößt sie kleine spitze Schreie aus.

Nun rennt sie in großen Sprüngen, dass der Schnee aufstiebt, nach rechts zu einem Busch. Daraus schießt sie hervor, wie ein galoppierendes Pferd im Endspurt, zur anderen Seite der Fläche. Und wieder und wieder »in die Kreuz und in die Quere«.

Bis sie die Fläche durchgepflügt hat. Ein Muster gelegt.

Und plötzlich bleibt sie weg. Von jetzt zu jetzt verschwunden.

Alles liegt still im Mondlicht.

Wie ein Ritual aus Urzeiten.

Ich glaube, nicht viele Menschen sehen das jemals.

Ich hatte so eine Ahnung, dass es gut wäre, an Silvester zu Hause zu sein.
Ich saß von Mitternacht 24 Uhr bis 1.10 Uhr mit zwei total verängstigten Katzen, Karli und dem Kleinen, auf dem Fußboden und sprach mit ihnen, streichelte sie, während um mein Haus ein Inferno ablief.
Raketen krachten, es zischte, es polterte, Kaskaden wie aus Maschinenpistolen – es war einfach keine Pause und kein Ende. Die Katzen schauten mit großen, verschreckten und fragenden Augen auf mich und auf die Türen und Wände, die Schwänze schlugen vor Aufregung ständig hin und her und sie blieben eng bei mir, bis auf Karli, der zweimal unter der Eckbank verschwand und dann doch wieder an meine Seite kam.
Meine Gedanken schweiften zu Rana. Wo sie wohl war? Wo haben die Raketen sie überrascht? War sie bei sich zu Hause oder hinter einem Holzstoß in meinem Garten bei der Hütte, saß sie unter dem vom Schnee zusammengedrückten Riesen-Bambus-Gesträuch, unter dem die Katzen so gerne verschwinden wie in einer Höhle. Wo ist sie, alleine in der Stunde, in der hier für Tierverständnisse die Welt untergeht mit Feuer und Explosionen.
Was ist mit all den Tieren in der Natur, den Vögeln, die in den Bäumen schlafen? Den Tieren in den Ställen, welche es in unserer Gegend noch vereinzelt gibt?
Was soll dieser bescheuerte Wahnsinn eines Feuerwerkes?
Zehn Minuten nach ein Uhr machte ich das große Rollo hoch, um den Katzen zu zeigen: schaut, der Garten ist wie immer, es ist alles in Ordnung, ihr könnt jetzt hinaus. Die Außenbeleuchtung war sowieso angeschaltet.
Ich sehe ausgebrannte Raketenteile herumliegen. Na ja, wie jedes Jahr. Ich finde im Herbst noch welche in den Gebüschen.

Karli wagt es. Einen Schritt über die Türschwelle. Langsam, mit großen Augen.
Es ist überhaupt nicht wie immer.
Die Luft ist nicht zu atmen vor Schwefelgestank. Die nächtlich beleuchtete Terrasse ist wie in Nebel getaucht. Über der schneebedeckten Wiese wabert die stehende Luft in grauen Schwaden.
Und in diesem Moment muss auch genau noch eine späte Rakete auf der Straße explodieren.
Menschengerufe und rennende Schritte. Natürlich denkt jetzt keine der Katzen mehr daran, eine weitere Pfote vor die Tür zu setzen. Beide Katzen werden nun eine ruhige, erholsame Nacht in meinem Haus verbringen.
Rana sehe ich erst am 2. Januar wieder. Inzwischen ist sowieso wieder der Alltag eingekehrt. Ich freue mich, sie wohlauf zu treffen. Karli begrüßt sie mit vielen Bussis. Es klappert die Katzenklappe und der Kleine kommt auch herein. Sie inspizieren kurz alle Ecken und schon wird getobt. Als mir auffällt, dass es irgendwie recht still geworden ist, gehe ich mal suchen. Sie sind im Wintergarten. Zwei Katzen schlafen auf dem heruntergerissenen Tischtuch, Rana auf dem kleinen Teppich, der dort auf den Fliesen liegt. Sie mögen den Wintergarten sehr. Die Bank mit Polster und Kissen ist Karlis Lieblingsschlafplatz während des Tages. Dort verbringt er viele Nachmittage. Rana liegt manchmal auf der zweiten Bank zwischen zwei Kissen eingerollt.

8. Januar 2006

Acht Uhr früh. Der kleine Kater ist gekommen. Karli ist nicht da. Der kleine Kater wartet auf ihn. Es scheint ihm nicht ums Fressen zu gehen, denn es macht ihm gar nichts aus, dass im Moment gar kein Schälchen dasteht. Er liegt, während ich in der Küche an der Spüle stehe, herumgewickelt um einen meiner Füße, den wolligen Bauch nach oben – und schnurrt.

Es gibt Dinge, die tun nur Katzenkinder auf diese eine Weise, erwachsene Katzen würden es anders machen, oder gar nicht mehr. Glaube ich.

Ich sehe Karli kommen. Ich lasse ihn zur Esszimmertür herein. Er freut sich über den kleinen Besucher früh am Morgen, der ihm so erwartungsvoll entgegenschaut.

Karli lehrt den Kleinen ja schon seit einer ganzen Weile, wie man kämpft. Diesen Part hat er übernommen, als er anfing, den Kleinen zu akzeptieren. Rana scheint das ganz recht zu sein, nur selten macht sie mit und balgt sich auch, meist schaut sie nur mit einem coolen Seitenblick zu.

Verknäult rollen sie nun auf dem Teppich hin und her. Karli ist es, der immerzu kleine Schreie ausstößt. Vielleicht, um zu signalisieren: »Jetzt! Los!« Ein kurzes Anhalten. Neue Position. Und wieder verbeißen sie sich. Halb spielerisch, halb ernst. Es sieht wahrhaftig sehr gefährlich aus. Nach jeder Szene halten sie kurz inne. Karli legt dann immer eine Pfote locker auf den Rücken oder Schenkel des Kleinen oder auf seinen Bauch. Als Siegeszeichen. Das kleine Wollknäuel lässt dem Demonstrationszeichen die gebührende Zeit, aber gleich ist der Kleine wieder der neue Angreifer.

Die Kampfeslust nähert sich endlich dem Ende. Kurzes Ausruhen. Beide Katzen liegen nun vertraut nebeneinander auf der Seite, die vier Hinterbeine sind, wie liebevoll, übereinander-, untereinander-, ineinandergesteckt.

Plötzlich legen sie überraschend wieder los, nun zur wilden

Jagd über alle Möbel, unter alle Möbel, hinter und über alle Sessel und Sofas. Mein sonst so gesetzter Karli dreht auf.
Und – genauso plötzlich, wie es anfing, ist es zu Ende.
Karli geht einfach. Die Katzenklappen klappen – und weg ist er.
Der Kleine wirkt erst verdutzt, legt sich in die Kissen, schaut mich schnurrend noch mal glücklich an und schon fallen ihm die müden Äuglein zu.

Der kleine Kater hat eine wunderschöne, außergewöhnliche Zeichnung in seinem langen roten Fell, ganz »rot in rot«, Rost-Rot, helleres Rot. Die etwa hellste kleine Stelle ist unter dem Kinn. Lange weiche wuschelige rote Haare, wie sie weder Rana, die Mutter, noch Karli, der Onkel, besitzen. Rana und Karli haben aber ein kleines bisschen Rot in ihr Gesamtfell hineingemischt. Am besten erkennbar im weichen helleren Bauchfell.

Der kleine Kater hat noch seine kurzen, tollpatschigen Kinderbeinchen, mit den breiten felligen Kinderpfötchen. Entzückend.
Und er hat eine außergewöhnliche Besonderheit: Er hat keine katzengrünen, sondern bernsteinfarbene, milchkaffeefarbene Augen. Und noch diesen vertrauens- und hingebungsvollen Kinderblick. Das ganze Gesichtchen ist ein argloses Kindergesicht, das einem mit seinen großen braunen Äuglein lange und tief in die Augen schaut, wenn man den Kleinen in Babyhaltung in den Armen liegen hat.
Nur zum Liebhaben.

Mit Rana ist das so: Sie ist eigentlich getigert, aber »verwaschen« getigert. Nur der Schwanz ist stark abgesetzt gemustert. Schwarz-Beige. Mit schöner schwarzer Schwanzspitze. Ich habe sie am Anfang öfter auf die Schnelle, auf den ersten Blick,

mit Karli verwechselt. Andere Leute sowieso. Nun hat sie aber so sehr Übergewicht, dass man sie jedenfalls auf den zweiten Blick sofort erkennt. Ob sie wohl erst seit der Schwangerschaft mit den Katzenbabys so dick ist? Ich weiß es nicht. Muss das »Herrchen« mal fragen.
Ihr Fell ist ganz dicht. Wie ein Bärenfell. Sie hat ihre Identitätsnummer in beide Ohren gedruckt. Ihr Gesichtchen ist etwas Entzückendes. Es ist so fein und zart und unglaublich lieb und hübsch. Ein absolutes Mädchengesicht. Das Gesicht einer kleinen Prinzessin. Ihr Charakter ist völlig lieb und rein und ohne Argwohn. Sie ist sehr liebenswert, und wir haben uns anfangs erstaunt, dass sie hereinkommt und erst mal eindringlich herummotzt. Bis sie das bekommen hat, was sie wollte. Dazu gehören auch ausgiebige Streicheleinheiten.

Karli ist der Schlanke, Feine, mit wunderschöner, ausgeprägter Tigerzeichnung und anliegendem Seidenfell. Karli hat die schönsten Beine der Welt!! Schlank und lang. Von den Hinterpfoten aus, die ja eigentlich die Zehenspitzen des Fußes sind, ist das Fell bis in die eigentliche Ferse hoch tiefschwarz. Die Vorderbeine sind schwarz geringelt.
Das sieht einfach edel aus. Auch der dünne, lange, schön gemusterte Schwanz mit der schwarzen Spitze ist edel.
Er ist der Sensible. Ängstlichere. Er hat sicher schon entsprechende schlechte Erfahrungen gemacht. Wohl in der Zeit, den vielen Wochen, als ich ihn noch nicht angenommen hatte und er Betteln und Bitten gehen musste, um Essen und ein Heim zu finden. Er fand ja keines.
Wie oft wird er verscheucht worden sein oder noch Schlimmeres.
Wie tut er mir leid.
Rana und Karli sind nun beide etwa ein Jahr und vier Monate alt.

Tipps für Marion und die Kinder, als sie mal wieder einhüteten:

Trockenfutternapf immer voll haben, da die beiden anderen Katzen dauernd mitessen. Vor allem nachts.

Trockenfutternapf täglich säubern.

Wasserschälchen morgens und abends frisch.

Zweimal täglich Fleischdöschen (à 100 Gramm). Einmal früh – und das zweite Mal kann um 14 Uhr sein oder auch erst um 17 Uhr.

Gegen Abend kommen oft »Mutter und Kind«. Das Spiel »raus, rein« geht bis Mitternacht.

Nachts kommen sie dann jedenfalls, weil das Türchen für Karli offen bleiben muss.

Futter »Junior« ist da für »Notfall Katzenkind«.

Transportkäfig ist im Keller.

Die Schiebetür nachts etwas auflassen. Karli liebt es manchmal, nachts in der Halle zu liegen.

Neue Katzenklo-Streu ist in der Garage. Aufs Klo gehen sowieso nur die beiden »Fremden«.

Karli liebt seine kleine grüne Fellbürste. Er liebt es, gebürstet zu werden und dann damit zu spielen, wie mit einem Mäuschen.

Karli liegt gerne auf den Polstern am Eckfenster im Wohnzimmer.

Karli mit einem Streichler »Gute Nacht« sagen.

Januar 2006

Episoden

Eben habe ich Karli und den Kleinen hinausgeschickt. Es schneit nicht mehr. Es wird zum Tauen kommen.
Nun sitzen sie wie zwei Wächter-Löwen rechts und links der Tür und schauen aufmerksam in die Runde. Sie müssen erst mal die Umstände klären – was ist gerade los hier draußen.

Karli hat schon drei Tage lang nicht mehr ordentlich gegessen. Mein »viereckiger« Kater ist auch nicht mehr viereckig. Das heißt, er frisst nicht woanders, was ja immer sein könnte, wenn er mal länger »ausbleibt«.
Die Tierärztin sagt am Telefon: Das Einfachste wäre, wenn er Würmer hätte. Seine 3-Monats-Wurmspritze ist auch jetzt im Januar fällig. Also heute Nachmittag gehen wir hin.

Alleine beim Fressen nur einer Maus kann die Katze schon wieder Würmer bekommen.
Karli könnte sich auch angesteckt haben beim Bussigeben mit Rana oder dem Kleinen. Und auch umgekehrt.
Der Hang am Rande meiner Wiese im Garten ist ein Mäuseparadies für die Katzen – und für die Mäuse. Hauptsächlich aber für die Katzen.
Mäuse bohren sich auch im Winter aus ihren Erdlöchern heraus einen kreisrunden Weg nach draußen, durch die Schneedecke hindurch. Der Weg für die Nahrungssuche, die im Winter recht karg ausfallen mag.

Ein wundersames Erlebnis hatte ich eines Weihnachtsmorgens, vor einigen Jahren, in einem sehr harten Winter mit viel Schnee. Es war der 1. Weihnachtsfeiertag. Ich zog morgens

in der Küche den Rollladen hoch – ein Stück erst nur –, da springt von dem Fensterbrett draußen eine kleine Maus herunter. Flieht mit angstvollen Sprüngen in dem hohen, neu gefallenen Schnee.
Sie ist auch wirklich entkommen, die arme Kleine. Wer ist denn mitten im Winter auf einen Mäusefang vorbereitet.
So hatten wir damals eine Weihnachtsmaus.

Abends. Karli poltert durch die zwei Katzenklappen herein, dass es scheppert. Er rast unter den Esstisch. Ich mache sofort Licht im Garten an, am Haus außen, schaue nach – nichts zu erkennen, was ihn erschreckt haben könnte.
Setze mich auf den Boden, »unser Platz« seit Silvester. Da kommt er wieder unter dem Tisch hervor. Ein bisschen Reden – er geht an den Essnapf. Alles wieder gut?
Was war bei ihm draußen abgelaufen, während ich drinnen saß und »nur« Zeitung las. Nur? Während ich Zeitung las, tat ich nichts anderes. Wie wichtig! Vielleicht hätte ich mir ohne das Zeitunglesen ein Bein gebrochen oder, oder … Wie wichtig dieses Zeitunglesen war für den Ablauf meines ganzen Lebens.
So ist jedes Detail wichtig. Für jeden.
So hat jeder seine eigene Geschichte. Jeder nur seine eigene. Vom Anfang bis zum Ende seines Lebens. Und es findet immer Ursache und Wirkung statt.

Episoden

Aus dem Schlafzimmerfenster sehe ich, dass sich unten bei der Hütte, bei den großen Eichen und den Büschen etwas abspielt.
Nachbars großer schwarzer Kater sitzt da im Schnee, vor ihm das kleine rote Katerkind.

Wieder mal in Demutshaltung – Vorderpfötchen eingeknickt, Köpfchen am Boden, Hinterbeine und Po in der Höhe.
Einen Moment verharren sie so, schauen sich nur an, dann geht der Kleine so langsam, wie es in dieser Haltung möglich ist, immer weiter rückwärts.
Das war es auch schon. Der große schwarze Kater, der Moritz heißt, ist zufrieden. Es langweilt ihn nun. Er dreht sich um und geht.
Ich hatte ihn lange nicht mehr gesehen. Seit dem Herbst, als er auf einem großen Stein bei meinem Weiher in der Sonne saß. Manchmal spreche ich mit ihm, dann drückt er vertrauensvoll die Augen ein paar Mal zu. Aber er ist nicht so zutraulich, dass er Nähe zulassen würde. Ich mag ihn sehr. Zum Glück für den kleinen Kater ist er kastriert. So wird das Konkurrenzgebaren sich in Grenzen halten.

Halb sitzend, halb liegend im Sessel. Eine rostrote Wolldecke auf dem Schoß. Und mein Kater Karli ist mir lang gestreckt im Arm eingeschlafen. Mein wunderschöner, wohlgenährter, getigerter Kater, in rötlichem Grau und Schwarz. Mit flauschigem Winterfell. Mit seinem entzückenden breiten Katergesicht und den schönsten Beinen der Welt.

Anfang Januar. Die meisten letzten Tage war Sonnenschein und die Vögel jubilierten schon, als ob es die schönsten Frühlingstage gewesen wären.
Doch heute, 9. Januar, schaue ich zum Fenster hinaus. Hochnebel. Düsternis. Die Natur liegt wie Blei. Leblos, als ob die Zeit angehalten würde. Stillstand. Lautlosigkeit.

22. Januar 2006

Der kleine Kater hat einen entzündeten After. Ich bemerke es, als er sich bettelnd mal wieder vor mir auf den Boden wirft. »Bettelnd« heißt eigentlich immer »ich bin klein«, »möchte hierbleiben« oder was sonst gerade anfällt.
Also, sein Schließmuskel ist blutig, ringsum rot, offen. Samstagvormittag. Tierarztpraxis bis elf Uhr geöffnet. Spreche dem Herrchen auf Band, sage, dass ich mal schnell mit dem kleinen Kater zum Tierarzt fahre. Zum Anschauen. Man muss wissen, was das ist. Noch zwei Wochenendtage zu warten finde ich zu lange. Habe schlechtes Gewissen, weil ich nun über ein fremdes Tier alleine entscheide. Ist Herrchen überhaupt da? Oder verreist? Hatte Herrchen es auch schon bemerkt? Und auch, dass der Kleine seit mindestens drei Tagen Durchfall hat? Ich reinigte ihm schon zweimal mit feuchtem Papiertuch den resteverklebten Schwanz. Also, ich fahre mit ihm hin. Wir sind die einzigen »Patienten«, als wir uns im Warteraum setzen. In zwei großen Volieren zwitschern Vögel. Der Kleine erstarrt. Sein Körperchen zittert vor Aufregung, Angst. Das Neue. Noch nie gehört, gesehen. Ich kann ihn mit Sprechen und Streicheln beruhigen. Von mir nimmt er sowieso alles hin, was ich mit ihm mache. Er vertraut mir voll. Ich bin immer ganz gerührt darüber. Das Kindlein, mit all seinen entzückenden Kindergebärden, seiner Unbekümmertheit, seiner Hingabe an die »Großen«.
Auch Rana und Karli sind für ihn »die Großen«. Von denen lässt er sich auch Prügel und Weh gefallen, wenn er eins drauf bekommt, weil er die Großen nervt. Er fordert sie dauernd zum Spielen und Kämpfen heraus. Eben dauernd. Und wenn er müde davon ist, fallen ihm dort, wo er sich gerade befindet, die Äuglein zu und er schläft seinen tiefen Kinderschlaf.

Also, Tierärztin. Er hat eine kleine Zyste am After, welche aufgegangen ist und blutet.

Zur Heilung Kamillenkompressen, gegen den Durchfall Spezialdiätfutter, das ich mitbekomme. Und eventuell Magerquark.
Schnell sind wir wieder zu Hause. Ein dickes Handtuch auf den Boden, den schnurrenden Kater darauf. Kleine Papiertaschentuchtupfer, getränkt mit Kamillentee, auflegen. Ich staune, er findet es herrlich. Wahrscheinlich tut die leichte Wärme wohl. Viele Minuten hält er schnurrend still. Er frisst auch das Spezialfutter und er findet Magerquark toll. Das mache ich zwei Tage lang.
Der Kleine ist einfach entzückend – aber er gehört mir ja gar nicht und er bringt mein ganzes Leben durcheinander. Plötzlich muss ich mit drei Katzen umgehen und vor allem der Kleine mischt alles auf.
Dem Herrchen habe ich das Spezialfutter mit kurzem Schrieb in den Briefkasten gesteckt.
Zwei Tage keine Reaktion von ihm. Wohl verreist übers Wochenende. Die Katzen liegen und spielen nur bei mir. Wenn ich sie heimschicke, sind sie sofort wieder da. Klar ist ihr Zuhause ohne Menschen zu langweilig. Da ziehen sie eben aus.
Nach drei Tagen ein sehr netter Anruf von Herrchen. Danke. Alles ist in Ordnung.

Januar 2006

Karli ist krank.

Es hat sich schon angebahnt. Natürlich denkt man erst nichts Böses. Er isst schlecht. Er wird immer dünner.
Er hat achtmal hintereinander gekrächzt, nicht richtig gehustet.
Man denkt, er hat grad etwas im Hals stecken und dann ist es ja auch schon wieder vorbei und kommt nicht mehr.
Eines Tages isst er »seine« Sorte Futter gar nicht mehr. Er kratzt rings um das Schälchen mit der Pfote und geht weg. Ich biete ihm kleingebrochene Sticks an, die er aus meiner Hand dann langsam frisst. Die werden später einige Tage lang sein einziges Futter sein, das er annimmt. Beim Trockenfutter sucht er und sucht er im Schälchen herum und man hat den Eindruck, er findet nicht, was er sucht. Gehustet hat er nicht mehr. – Und dann frisst er gar nichts mehr von sich aus, nur noch hie und da die Sticks, die ich ihm gebe. Aber er trinkt, trinkt, trinkt. Liegt Tag und Nacht am liebsten auf der Fußbodenheizung im Bad. – Schmust innig, wie immer.
Er hatte seine dreimonatliche Entwurmungsspritze ja bekommen. Aber es waren wohl nicht die Würmer.
Karli bringt zwar seine Mäuse weiterhin in größeren Abständen. Einige nehme ich ihm ab. Aber wie viele er draußen im Garten und Umfeld frisst, das weiß ich ja nicht.
Jetzt ist Winter.
Die Tierärztin untersucht ihn gründlich. Es scheint eine Kehlkopfentzündung zu sein, wobei auch der Geruchssinn abhandengekommen ist. Er hat Fieber. Karli bekommt alle zwei Tage eine Antibiotikumspritze, viermal. Und eine Aufbauspritze dazu. Langsam – endlich wird er wieder mein alter Karli. (?)
So viel Sorge, die ohne Unterlass in einem bohrt und einen

nicht mehr loslässt. Man kann gar nicht mehr fröhlich sein. Nicht wirklich.
Und eine wichtige Sache hat sich seitdem geändert. Er mag »seine« Marke Fleischtöpfchen überhaupt nicht mehr. Er wendet sich mit Grausen ab. Ich nehme an, sein Hirn verbindet diesen Geruch und Geschmack des Essens mit der Erinnerung »krank werden«.
Ich möchte natürlich, dass er sein hochwertiges Fressen wieder annimmt, welches er ja vorher so liebte. Es ist ziemlich aufreibend, zu versuchen, ihn mit dem Futter wieder hinzukriegen. Überlisten? Zwei Sorten mischen – stehen lassen – wegwerfen.
Er wird es nie mehr annehmen.

Anfang Februar 2006

Um es kurz zu sagen: Karli fehlt organisch eigentlich nichts. Er hat oben im Nacken eine olivengroße Beule bekommen. Wohl auf die Spritzen hin. Sie soll drei Wochen lang beobachtet werden und wenn sie dann noch immer vorhanden ist, sollte sie möglichst herausgeschnitten werden (nach drei Wochen ist sie verschwunden).

Karli ist seit Längerem nur unglücklich. Ist es der kleine Kater? Ist es die Konkurrenz, welche langsam seinen Platz bei mir einnehmen will? Diese ständige Unruhe auch. Überall riecht es nach kleinem Kater. Sein Fress-, sein Trinknapf, alle Teppiche, alle Kissen. Karlis Schlafplatz, sein kuscheliges Schaffell und ich selber. Seine Seele ist traurig. Ich muss etwas unternehmen.

Tage später.
Es war ein Hammerprozess, den beiden anderen Katzen klarzumachen, dass sie in meinem Haus nicht mehr willkommen sind – aber ich sie noch sehr lieb habe. Das klingt so brutal hart und das war es auch. Mein Herz weinte, ich war völlig durch den Wind, so wie die Katzen auch.
Aber ich hatte mich entschieden. Für Karli.
Um es wiederum kurz zu machen: Die beiden anderen Katzen haben es innerhalb einiger Tage angenommen, dass sie nur noch in der Garage zwei Schälchen Trockenfutter und ein Schälchen Wasser stehen haben, sie aber nicht mehr durch die innere Klappe hereinkommen dürfen.
Sooft wir uns jetzt treffen, ist es eine Superbegrüßung, mit viel Streicheln, Schmusen und Schnurren. Draußen.
Karli hat wieder seine Sicherheit und Zufriedenheit gefunden. An jeder Türkante, Zimmerecke, jedem Kissen markiert er mit seiner Kinnunterseite »seinen Geruch«.

Aber wenn es im Haus irgendwo knackt, dann schreckt er ängstlich auf und sucht mit großen Augen gespannt, ob doch eine Katze herinnen ist.
Aber er aalt sich jetzt wieder, indem er alle vier Beine in die Luft streckt und in dieser Haltung auch vertrauensvoll einschläft. Wie ein Baby.

Rana kommt nur noch selten. Wenn Karli durch die Terrassentürscheibe den kleinen Kater sieht, dann saust er schon durch Küche, Bügelzimmer, Garage hinaus. Sie begrüßen sich mit riesigen Freudensprüngen und ziehen gleich zusammen los, mit weiteren Freudensprüngen oder im Galopp, um im Garten irgendwo irgendetwas zu spielen. Möglichkeiten gibt es viele. Ein Tierparadies. Der Kleine macht Karli fast jede einzelne Bewegung nach. Es ist zu witzig, das anzusehen. Heute liefen sie nebeneinander im vollen Galopp die Gartentreppe hinunter, durch die Lücken des Gartentors hindurch, hinaus auf den Garagenvorplatz. Das habe ich nicht sehr gerne, denn da kommt ja die Straße. Wenn auch die Straße nicht viel befahren ist …
Bei Katzen sollte man solchen »Was-wäre-wenn-Gedanken« nicht zu viel Raum einräumen, nicht zu viel Macht geben. Man macht sich damit total verrückt. Und das (hoffentlich) umsonst. Katzen machen genau das, was sie wollen. Manchmal hat man sogar das Gefühl, sie amüsieren sich, wenn man zum Beispiel sagt »komm her«. Sie schauen einen an, machen einen kleinen Freudenhopser zur Seite, mit hochgestellten Ohren und Schwanz – und laufen weiter.
Also, Karli und der Kleine haben da so ihre gewissen Gärten, die sie wohl zu »den ihren« zählen, aber darüber weiß ich nicht Bescheid. Dorthin verschwinden sie einfach.
Manchmal höre ich ein nicht enden wollendes Dauergebell aus Nachbars Garten gegenüber. Dann weiß ich, dass Cindy,

der Golden Retriever, am Zaun klemmt und sich fürchterlich aufregt (und auch ein bisschen freut), denn ganz sicher sitzt der kleine rote Kater demonstrativ mitten in meiner Garageneinfahrt und schaut ihn schweigend an, oder er sitzt zwischen den Latten des Gartenzauns, was auf dasselbe herauskommt. Manchmal rede ich mit Cindy, er mag mich sehr, sein dickes Hinterteil windet sich dann vor Schwanzwedeln – und ich trage den kleinen Kater zur Beruhigung der Lage von dort weg.

Cindy war als kleiner Hund bereits fünfmal am Magen operiert worden, denn er hatte immer wieder Steine gefressen. Zum Glück hat er irgendwann kapiert, dass dies kein gesundes Fressen ist. Jetzt geht es ihm schon seit Jahren wieder gut. Er hat diese Macke überwunden.

Februar 2006

Karli geht hinauf ins Schlafzimmer. Dort liegt eine feine, weiche Decke auf dem Fensterbrett. Das ist einer seiner neueren Lieblingsplätze zum Sitzen, Liegen, Schauen. Er kann von hier einen Großteil des Gartens überblicken, mit der Hütte, den großen, alten Eichen und Buchen, und die Straße durch die locker gepflanzten Büsche erkennen. Es gibt immer wieder etwas Überraschendes zu sehen. Auf der Straße fährt hie und da ein Auto. Es geht jemand vorbei, führt den Hund spazieren. Schulkinder in Grüppchen. Mal die Straße hinauf, mal hinunter.

Es kommt und geht Rana oder der kleine Kater. Sie spielen, laufen, springen. Kommen auf die Terrasse, um ins Haus zu steigen. Karli weiß über alles Bescheid, von seinem Aussichtspunkt aus.

Nun war eben ein junges letztjähriges Eichhörnchen da. Dieses entzückende, kleine, lustige Wesen, ganz dunkelbraun mit weißem Latz. Ich sah es aus dem Küchenfenster.

Es schnupperte ein bisschen hier, ein bisschen da, stieg in ruhigen Etappen den Eichenstamm hinauf, hangelte sich einmal rund um den Baum und kam wieder nach vorne. Stieg rückwärts herunter und lief durch den Garten in Richtung Straße.

Schon kam »galopp, galopp« Karli die Treppe herunter, fegte durch die Räume, durch die Klappen und eiligen Ganges, ganz gezielt, durch den Garten zur Straße.

Wie vertragen sich eigentlich Katzen mit Eichhörnchen? Wer ist wendiger, schneller?

Hoffentlich schleppt er mir nicht auch mal so eines an. Wir hatten jetzt schon tote Mäuse, lebende Mäuse und eine Amsel, die mit starkem Federverlust, durch meine Hilfe, entkommen konnte.

2. März 2006

Nachdem ich verschiedene Katzennahrungsfirmen ausprobiert hatte, versuchte ich es noch einmal – ich dachte, ich muss es schaffen, es ist fürs weitere Leben.

Eineinhalb Tage lang habe ich Karli jetzt mal nur das »gute«, vollwertige, beste Fleischtöpfchen hingestellt.

Ich wünsche mir so sehr, dass er es wieder isst.

Er verweigerte es, seit er im Januar so krank war, Antibiotika gespritzt bekam und infolgedessen seine bis dahin geliebten Fleischtöpfe nie mehr gegessen hat.

Seine Programmierung »dieses Futter nicht mehr essen« hielt an. Und es war nichts zu machen. Ich habe viele Töpfchen geopfert, weggeworfen, um ihm immer frisches Futter anzubieten. Und verschiedene Sorten. Seine früheren Lieblingsessen. Nichts zu machen. Ich habe ihm dann sogar das Trockenfutterschälchen entzogen, damit er solchen Hunger bekommt, dass er alles isst, was er zwischen die Zähne bekommt. Dadurch vielleicht wieder auf den Geschmack kommt und die Töpfchen frisst. Er hat lieber gehungert. Es hat nicht funktioniert. Im Gegenteil: Es war psychisch für ihn furchtbar. (Für mich natürlich auch). Er wusste ja gar nicht, was los war. Er war total verstört. Ich merkte, er fühlte sich schuldig, bestraft, und er wusste nicht warum und wofür. Als er dann abends nicht auf seine Schlafcouch mit dem Lammfell kam, sein allerliebster Kuschelplatz, ging ich nach ihm suchen. Ich fand ihn auf dieser einzeln stehenden Truhe, auf der er schon mal lag, als er wegen des kleinen Katers so unglücklich war. Sich ausgestoßen und verwirrt fühlte. Er war noch verwirrter, als ich bitterlich weinte. Er konnte mit mir gar nichts anfangen. Und ich weinte, weil Karli leiden musste. Und weil die ganze Aktion umsonst war und ich nicht wusste, wie ich meinen Kater gesund ernähren soll, was mir so wichtig ist.

Es wissen wahrscheinlich nicht viele Leute, was in den ange-

botenen Supermarkttöpfchen enthalten ist. Es ist ja so klein gedruckt, dass sich kaum viele die Mühe machen, es, eventuell mit Lupe, zu lesen. Aber man kann sich im Tiernahrungsgeschäft erkundigen und zum etwa selben Preis, oder mit geringen Aufpreis wertvolles Fressen kaufen. Mit 60, 80, 100 % Fleischanteil anstatt mit 6 %.
Weil die lebenslange Gesundheit der Katze es einem Wert ist.
Mein Kater bekam dann noch zu Mitternacht Leckerstangen und er schlief zufrieden ein.

Seit heute Nachmittag ist er wieder der Alte. Er hat jedoch nie mehr sein »bestes Futter« angenommen.

Man muss einmal sagen, dieser durchgehend ungeheuer starke Winter mit immer geschlossener Schneedecke ist schrecklich. Karli langweilt sich und langweilt sich. Schnee, Kälte, frühe Dunkelheit, keine grünen Wiesen. Für meinen Kater alles ein Gräuel. Er sitzt da und schaut einen so vorwurfsvoll an. Winter ist nicht das Seine.
Der kleine rote Kater dagegen, der halb so groß ist wie Karli, stapft mit seinen kurzen Beinchen durch jeden Schnee. Vor allem, um zu uns zu kommen. Ich bin immer ganz gerührt.

4. März 2006

Es ist nicht nur, dass Karli jedes zweite Gericht nicht mag. Er ist im Fressen auch noch so eigen geworden, dass er meist nur isst, wenn ich vom Näpfchen weggegangen bin. Und er zeigt keine Freude mehr, wenn ich ihm sage, »gleich gibt's was Feines«. Früher ist er dabei mit den Vorderpfoten am Küchenschrank hochgestiegen, hat gemaunzt vor Ungeduld, wenn ich beim Zubereiten sagte »ja gleich«, ist mir rund um die Beine gestrichen, sodass ich ins Stolpern kam, ist ganz aufgeregt mit mir zum Fressplatz gegangen, wenn ich das Schälchen hinstellte und ihm einmal über den Rücken strich und sagte »da schau her«. Und er schmatzte los.

Heute ist er cool, undurchschaubar. Beobachtet mit Abstand, welches Tütchen ich in die Hand nehme. Weiß da schon, ob er »mal schauen« wird oder ob er gleich weggeht.

Eine Woche später. Es ist besser geworden. Er ist beim Fressen freudiger. Aber heikel bleibt er.

Er liebt jetzt den vielen, vielen Schnee. Er spielt und spielt und erfindet eigene Spiele, welche er mit dem kleinen Kater ausprobiert.

7. März 2006

Karli liebt inzwischen den kleinen Kater. Sie liegen gerade gemeinsam auf Karlis Couch, auf dem großen Schaffell und schlafen. Mit Körperberührung. Sie schlafen lange so. Als sie aufwachen, drängt sich der Kleine schüchtern an die Seite, gegen die Lehne, wohl aus Unsicherheit. Wie soll es weitergehen, hier, in Karlis Allerheiligstem?

Karli sitzt verpennt neben dem Kleinen. Karli setzt sich so halb auf ihn drauf. Der Kleine kann sich jetzt eigentlich kaum mehr rühren. Karli hat das rote wuschelige Schwänzchen gerade vor seiner Nase und beginnt, es mit Inbrunst abzuschlecken, ringsherum und bis an die Spitze. Und da der Kleine nun anfängt, in Ungeduld die Schwanzspitze hin und her zu bewegen, hält Karli sie mit der Pfote fest.

Im Anschluss schleckt er ihm dann noch sein Öhrchen aus. Und als der Kleine, dieses Unruhebündel, nicht mehr mag, zu spielen und zu beißen anfängt, legt Karli ihm seine Pfote auf den Oberschenkel, um ihm »nein« zu zeigen.

Irgendwann nun zieht Karli doch aus und legt sich auf das andere Sofa.

Jetzt schlafen beide getrennt weiter.

März 2006

Schneechaos pur

Es hat Unmengen heruntergeschneit. Meine Kinder haben für mich Schnee geschaufelt. Aber vom Törchen beim Garagenvorplatz aus, die Gartentreppe herauf, über die Terrasse zur Esszimmertür, hat die kleine Carolin nur einen Weg von einer Schaufelbreite geschippt.
Und das findet Karli herrlich.
Es ist spätabends. Ich möchte noch mal lüften und öffne die Terrassentüre sperrangelweit.
Alles Licht fällt auf den glitzernden Schnee draußen.
Ich sage zu Karli: »Geh mal raus, schaun.« Er läuft gemächlich diesen Pfad, ich nehme an, die Terrassenstufen hinunter bis zum Tor. Vor lauter hohen Schneewänden kann ich nicht viel sehen. Und ich bange sofort wieder um ihn. Wo will er denn hin bei diesen kaum mehr zu bewältigenden Schneebergen an der Straße? Wenn nun ein Auto oder der Schneepflug kommt oder ein Hund beim späten Abendspaziergang – es gibt zurzeit keinen Schlupf für Katzen. Der Schnee liegt weit über den Zäunen, so hoch.
Ich rufe ins Nichts, in die weiße Pracht hinaus: »Karli, nun komm wieder herein.«
Und schon kommt mit Riesensprüngen, im Megagalopp, Karli auf diesem schmalen Pfad angeschossen, rast ungebremst ins Haus, durch das Esszimmer, durch die Halle, bis die Hauswand ihn dort zum Halten veranlasst.
Ich lache und sage: »Karli, geh doch noch mal raus, schaun.«
Das Spiel hat er jetzt etwa 15 Mal gespielt und es geht noch weiter, er scheint noch nicht genug zu haben.

Ich erinnere mich:
Einst, Anfang Februar, war ich so bemüht, das Haus für Karli »frei zu halten«. Was habe ich die anderen Katzen getriezt, in diesem strengen Winter, bei Tag und bei Nacht, heimzugehen zu ihrem Herrchen. Sich nicht bei mir einzunisten. Ich habe sie heimgeschickt und heimgebracht.
Es nützte nichts. Es hat nicht geklappt. Rana hatte entschieden: »Hier soll ihr Kind wohnen.«
Somit wusste der kleine Kater: »HIER!« Dieser kleine Moppel wusste also ganz sicher oft nicht, was er eigentlich soll, wenn ich ihn hinausbeförderte. Warum? Wohin? Mama Rana hat doch gesagt … So treu kam er immer wieder angetapst. Und meine Nerven zitterten vor Anspannung.

13. März 2006

Balgende Katzen und der Geschmack von Sommer

Der kleine Kater war hereingekommen. Ich habe schon Routine. Ich erkenne an der Hereinkomm-Geschwindigkeit durch die Katzenklappen: Karli oder Rana oder der Kleine.
Der kleine Kater kümmerte sich diesmal um keinerlei Fressschälchen, sondern ging schnurstracks in die Küche zu dem Topf mit Katzengras, der auf dem Boden steht. Die Katzen lieben das Gras, jetzt im Winter.
Der Kleine schnurrte und schnurrte, und legte sich auf den Grastopf, immer und immer wieder, von allen Seiten. Er lehnte das Köpfchen ins Gras, legte sich wieder ganz darauf, nahm den Topf zwischen die zwei Vorderpfötchen – der Topf rutschte hin und her. Zwischendurch kaute er an den Grashalmen herum. Ich glaube, es reichte ihm alleine der Geschmack von Gras, das Gefühl von Sommerwiesen.
Karli hatte auf dem Polster der Fensterecke geschlafen. Der Kleine ging, zum Glück vorsichtig, ihn zu wecken. Jetzt toben sie mal wieder mit hohen Bocksprüngen durchs Haus.

Draußen hat es Neuschnee gegeben über Nacht. Es ist der 13. März und immer noch Winter und so kalt. Bei Sonne kann man ja manchmal schon erahnen, bald geht der Schnee. Aber im schattigen Vorgarten, beim Haupteingang, liegen immer noch diese dicken, langen Eiszapfen, halb im Schnee, die ich vor einer Woche heruntergehauen habe. Und wenn ich mit Karli an den Postkasten gehe und er die Zapfen sieht, streicht er andächtig, langsam und staunend viele Male mit der Pfote an einem der glatten Zapfen hinauf und hinunter.

17. März 2006

Was ist nur mit Karli los? Er isst nicht. Er geht schleppend an seinem vollen Napf vorbei.
Dabei ist es 19 Uhr und die letzte Mahlzeit hat er früh um 8 Uhr angenommen. Mein früher »viereckiger Kater« ist inzwischen so dünn, dass ihm oben am Nacken die knochigen Schulterblätter herausstehen.
Zu lange schon schaue ich mir den Kater an. Er wird von Tag zu Tag weniger. Dünner.
Morgen Früh sind wir bei der Tierärztin angemeldet. Nüchtern, wegen Blutabnahme.
Habe ich schon zu lange gewartet? Was hat er? Es ist nun, wie es ist. Es hilft kein Nachtarocken.
Ich taste ihn ja immer mal ab, ob er Schmerzen hat, eventuell am Bauch, aber er hat keine und er schmust dann so innig, so liebevoll, wie immer. Und schnurrt.
Und er tobt dann doch mit dem kleinen roten Kater, dass es einem auf die Nerven geht, weil sie gar kein Ende finden können. Und sie üben »Kämpfen«, was dann auch kein Ende nehmen will. Immerzu verkeilen sie sich und immerzu piepst oder jault einer auf.
Sie verstehen total, wenn ich energisch sage »Nein!«, »Aus!« – und sie halten kurz inne.
Jedoch, eigentlich tun sie nur so, als ob sie aufhörten. Wirklich aber nehmen beide nur eine neue Startposition ein. Kaum drehe ich mich um, machen sie weiter. Bis ich ihnen die Terrassentür öffne und sie beide »bitte« hinauszulaufen. Meistens folgen sie auch gleich und die Balgerei hat ein Ende, denn draußen gibt es sofort Neues, Interessantes zu beobachten.
Oder aber ich nehme den kleinen Kater, erkläre ihm, dass er nun mal wieder gehen muss (er wohnt ja noch immer nicht hier), und setze ihn alleine hinaus. Er nimmt von mir einfach alles schnurrend hin. Er ist so süß.

Aber jetzt ist Karli beleidigt darüber, dass ich das tue. Er gibt einen energischen Unmutston von sich und folgt ihm schnellen Fußes durch die Katzenklappen nach.
Dann gehen sie zusammen irgendwohin, für mich unbekannt, wo sie vielleicht auch Rana treffen, denn nach einiger Zeit kommen dann eventuell alle drei herein, fressen sich voll und verteilen sich im Haus zum Schlafen.
Ich versuch immer noch täglich, Rana und den Kleinen rechtzeitig heimzuschicken, um die Zeit herum, wenn ich denke, dass Herrchen von der Arbeit heimkommt.
Sie würden sofort für ganz bei mir bleiben. Die drei sind ein Team, ein Rudel, eine Familie. – Ja, das ist alles ganz nett.
Morgen geht es zur Tierärztin.

Karlis Blut wird untersucht auf alle erdenklich möglichen Krankheiten. Auch auf Katzenaids und Vogelgrippe. Es ergibt sich, dass alles in Ordnung ist. Keine Krankheit vorhanden.
Die Tierärztin und auch ich meinen, dass es dann wohl, wie vorher schon vermutet, psychologischer Art sein wird. Ist es der kleine Kater? Auf jeden Fall ist er mit dabei.
Karli mag ihn ja, aber er ist eifersüchtig, dort, wo es um seinen sicheren Hort geht. Sein Wohnen, sein Schlafen, sein Sich-gehen-lassen-Können, Sichersein, Loslassenkönnen.
Wenn er den Kleinen im Haus antrifft, ist immer Spannung vorhanden. Nimmt er ihn heute an, bringt ihn selber mit ins Haus, spielt tobt und schläft er kuschelig mit ihm? Oder faucht er ihn an, dreht sich um und geht durch die Klappen weg? Wütenden Schrittes, als ob er, wie ein zorniges Kind, mit dem Fuß aufstampft.
Nun ist er sowieso empfindlich.
Zum Beispiel darf er beim Fressen in keiner Weise gestört, abgelenkt werden. Sonst steht er auf und geht. Aus. Dann hat er zu dieser Mahlzeit eben nichts gegessen.

Da mir aber jedes Bröckchen, das er frisst, so wichtig ist, haben wir uns angewöhnt, den Raum nicht zu betreten während dieses heiligen Mahles, und am besten auch im Nebenraum gar nicht laut zu sprechen, höchstens zu flüstern. Wenn er dann herauskommt, sich hinsetzt und beginnt, genüsslich Schnäuzchen und Pfötchen zu putzen, dann kann das Leben weitergehen. Es bleibt noch die Frage, wie viel im Schälchen übrig geblieben ist.
Solch ein Theater, damit das Kerlchen wieder Fleisch auf die Knochen bekommt.
Fremde Leute, Handwerker jeglicher Art, ob laut oder leise in ihren Arbeiten, lösen bei ihm Panik aus. Da reicht es schon, wenn er einen fremden Menschen im Haus nur stehen sieht. Er traut sich keinen Schritt an ihm vorbeizugehen und sucht nur mit riesengroßen gelben Angstaugen nach Fluchtmöglichkeiten.
Meine beruhigenden Worte bringen in dieser Situation fast nichts. Er sucht nur das Weite. Er muss da leider Erlebnisse gehabt haben, die sich meiner Kenntnis entziehen.

Episoden

Der kleine Kater hat solch einen entzückenden Charakter.
Er ist so absolut vertrauensvoll. So beständig liebevoll, so hingebungsvoll, so unbeschwert, so glücklich, so ausdauernd, so zärtlich, so verspielt, so ohne Angst gegenüber dem großen, launischen Karli, der ihn anfangs ja nicht mochte. Aber durch seine beharrliche und kindliche Zuneigung hat er dann doch Karlis Herz gewonnen.

Ich habe dem Kleinen so oft seine kleine wertvolle Würde genommen.
Ich durfte nicht bewusst hindenken, musste »weg-denken«, als er zum Beispiel gestern wieder zehnmal durch die Klappe zurückgekommen war, ich ihn nachts nach ein Uhr zur Haustür hinausgesetzt hatte, er nach einer Viertelstunde noch dort saß, zusammengekauert, kalt, ich ihn wieder hereingeholt habe, eine kuschelige Decke ins Auto gelegt habe, ihn darauf gesetzt habe, ihn nach Hause gefahren habe, wie so oft wieder in der letzten Zeit.

Als ich dann im Bett lag und meine Gedanken Zirkus spielten – da habe ich aufgegeben. Ich kann nicht mehr.
Ich habe mitten in der Nacht, ohne dass eine Katze im Haus war (Karli war auf Tour), ein zweites Schaffell auf ein zweites Sofa in meinem Schlafzimmer gelegt. Meine Entscheidung war, nicht mehr gegen den kleinen Kater zu kämpfen.
Er hat immer noch keinen Namen, bzw. ich weiß ihn nicht. Habe ja nie mehr mit dem Herrchen Kontakt aufgenommen. Er hat das Recht, den Kater zu benennen, nicht ich oder meine Familie.

26. März 2006

Ich habe heute Nacht beschlossen, den kleinen Kater anzunehmen.
Ein großer Entschluss.
Jetzt ist morgens, fast mittags. Der kleine Kater kommt ins Esszimmer herein. Schnurrend.
Und ich sage »Willkommen«.
Ich kraule ihn durch und er ist glücklich. Er geht zum Eckfenster und legt sich in das Körbchen, in dem er neuerdings mit Karli völlig verschlungen schläft. Er DARF es jetzt.
Ab heute.
Ich werde Herrchen anrufen, um ihm mitzuteilen, dass ich dem Kater nicht mehr die Türe weisen werde. Er darf von meiner Seite aus ab jetzt kommen und gehen – aber vor allem BLEIBEN, wenn er das will!

Und was ist los? Herrchen ruft bei mir an.
Der kleine Kater heißt MALO.
Ob Malo bei mir sei. Er war zu Hause eingesperrt, ist aber ausgebüxt. Er wird morgen kastriert. Darf deshalb nirgends etwas fressen. Muss wegen der Narkose nüchtern bleiben.
Also – er heißt Malo! Hurra, jetzt wissen wir es!

Natürlich ist der kleine Malo hier.
Eben sitze ich, den kleinen schnurrenden, schmusenden Malo auf dem Schoß, genau auf jenem Stuhl, auf den mir einst Rana diese Handvoll rotes Fellbündel gelegt hatte.
Damals nachts um halb zwölf – ich weiß es noch, als wäre es gestern gewesen – brachte sie den Kleinen, am Genick tragend, durch die zwei Katzenklappen, was sicher nicht so ganz einfach war, außerdem brachte sie das Kleine ja auch von zu Hause den Weg bis zu mir –
und legte mir das Geschenk auf den Stuhl.

Erst heute also habe ich dieses wunderschöne Geschenk angenommen!

Herrchen hat Malo mit seinem Katzenkorb geholt.

Montag:
Denke immer an den kleinen kastrierten Malo. Und Karli wohl auch. Er sitzt den ganzen Tag gelangweilt herum.

Dienstagmittag:
Zufällig sehe ich Malo den Garten heraufkommen. Er ist also schon wieder unterwegs. Nach einem Tag.
Er hat auch eine Nummer ins Ohr tätowiert bekommen.
Jetzt denke ich, er muss sich noch schonen. Aber so wie er heute mit Karli durch den Garten tobt, hat er es überhaupt noch nie getan. Und sie jagen gemeinsam ein Eichhörnchen auf die große Eiche. Beide Katzen hinterher, den Stamm hinauf. Karli kommt am dicken Stamm wieder herunter. Malo möchte ich helfen, aber ich erreiche ihn noch gar nicht, da springt er von mindestens zwei Meter Höhe ab. Und das frisch operiert.
Und sie toben wieder durch den Garten, wie zwei alte Freunde, die sich Jahre nicht mehr getroffen hatten.
Als Nächstes sehe ich Malo am Teich stehen und einen Strang oder Stiel von einer Wasserpflanze angeln. Der Stiel schwimmt nicht etwa nahe vor ihm, nein, gerade so, dass Malo nicht hineinfällt, aber immerzu kippelt. Und er hat diesen Strang wirklich mit der gebogenen Pfote herausgehoben.
Karli kommt gesaust. Sie machen zusammen einen Luftsprung, und der Kleine landet endlich doch mit beiden Hinterfüßen im Wasser.
Malo versucht nun vom Ufer aus auf die Eisplatte zu springen, welche ja noch von der Schattenseite des Teiches her bis in die Mitte wie eine Zunge ragt. Malo will genau dahin springen,

wo die Zunge schon dünn ist, abtaut, löchrig ist. Er würde unweigerlich einbrechen, die Spitze der Eiszunge abbrechen. Malo setzt schon mehrmals an zum Sprung. »Pumpt« schon, sozusagen.
Hier erlaube ich mir einzuschreiten. Mit Rufen und Reden versuche ich, ihn von seinem Vorhaben abzulenken. Es gelingt mir.

Der Kleine bleibt den ganzen Nachmittag da und wundert sich, dass er hinaus- und hineingehen darf, ohne hinauskomplimentiert zu werden, ohne dass die Katzenklappen abgesperrt werden.
Später holt ihn wieder sein Herrchen ab. Er sorgt sich darum, wie es ihm geht.
Herrchen bringt mir ein Geschenk mit. Nämlich das Buch, ein sehr gut kritisierter Roman, aus dem heraus er die Namen für die Katzen gewählt hatte.
Ich freue mich sehr über die nette Geste und aufs Lesen. Ich schenke ihm nun mein eigenes Buch, welches ich vor einem Jahr herausgebracht hatte. »Dinge, die mir zugeflogen«, Bilder und Texte.

April 2006

Lieber Herr G.,

noch einmal danke für das dicke Buch.
… Zu unseren Katzen:
Karli hat seine Entwurmungsspritze bekommen. In drei Monaten dann wieder. Es wäre empfehlenswert, wenn alle Katzen ihre Spritze etwa zur gleichen Zeit bekämen, damit eine eventuell »Verwurmte« nicht eine gerade »Saubere« gleich wieder ansteckt.
Malo ist viel hier und viel mit Karli zusammen unterwegs. Malo abends zu Ihnen zu bringen hat inzwischen keinen Sinn mehr. Wenn ich Malo bei Ihnen vor dem Haus aus dem Auto lasse und heimfahre, kommen Malo und ich etwa gleichzeitig wieder in meiner Garage an. Er zu Fuß – zu Pfote.
Rana kommt nur hie und da zu Besuch vorbei, um zu fressen oder um eine Runde irgendwo zu pennen.
Malo finde ich oft auf allen möglichen Plätzen schlafend vor. Mag sein, dass er auch hier übernachtet. Ich mache mich jetzt nicht mehr deswegen verrückt. Es ist mir inzwischen einfach egal. Ich genieße diesen süßen, kleinen Kerl, wenn er hier aus und ein geht bei seinem Freund Karli und wenn er mit ihm durch den Garten tollt.

Nun herzliche Grüße,
M. Z.

Anfang April 2006

Karli und der Kleine spielen im Vorgarten bei der Haustüre, als ich gerade herauskomme. Plötzlich klettern sie durch die Aussparungen des Gartentores und marschieren vorsichtig, als ob sie es abgesprochen hätten, zielstrebig nebeneinander über die Straße zu Nachbars Eingangstor. Sie klettern nebeneinander durch die Metallstreben und gehen Schritt für Schritt, immer noch nebeneinander, die etwa 15 Meter lange Auffahrt hinauf bis zur Rasen-und-Büsche-Ecke, wo es zu Nachbars Haus herum geht. Als ob sie leise auf Fußspitzen gingen. Und nebeneinander, als ob sie sich wie Kinder an den Händen hielten.

Mutig, mutig. In diesem Haus wohnt immerhin Cindy, der Golden Retriever, mit dem Malo ja so oft sein Spiel treibt, indem er sich einfach nur auf die Straße setzt und Cindy hinter dem Zaun anschaut, bis dieser Bellanfälle bekommt. Und Malo bleibt ungerührt sitzen und schaut nur.

An dieser Ecke also, wo die Auffahrt den Knick nach rechts, zum Haus hin macht, setzen sich die zwei nebeneinander auf ihre kleinen Hintern und warten.

Ich schaue zu und mir ist das Ganze gar nicht geheuer. Von der Straße aus sage ich in ruhigem Ton: »Na, ihr beiden, kommt mal lieber wieder zurück.«

Als ob sie es verstanden hätten, stehen sie miteinander auf, drehen um und kommen langsam wie vorher, nebeneinander, auf leisen Sohlen zurück.

Auf der Straße angelangt ist die Spannung vorbei.

Gut gemacht – wir haben es gewagt!

10. April 2006

Episoden

Der kleine Malo ist in den letzten Wochen so sehr gewachsen. Er ist eigentlich schon so groß wie Karli. Aber Karli hat eher eine kleine Statur, möchte ich sagen. Mal sehen, wie groß Malo noch wird. Er wirkt aber auch groß, weil sein Fell so viel länger ist als Karlis. Sein Schwanz ist buschig wie der eines Eichhörnchens. Seine rote Zeichnung ist außergewöhnlich schön. Seine ebenfalls außergewöhnlichen milchkaffeebraunen Augen haben immer noch den kindlichen, vertrauensvollen Blick.
Wenn Malo zu mir kommt, lässt er sich fast immer schnurrend auf meine Füße fallen. Ihn hochzuheben ist dann eigentlich nicht möglich. Er macht sich »wie aus Gummi«, der überall nachgibt. Er ist nicht greifbar. Er ist wie »Wackelpudding«, der einem immer wieder zwischen den Fingern durchsackt. Weil er gar nicht aufgenommen werden will. Er will schnurrend liegen bleiben, sich dann auf den Rücken wälzen, spielen, schmusen, gekrault und gestreichelt werden. Er weiß um seine »Wackelpuddingfähigkeit und -wirkung« und spielt sie aus.

Malo war kurz hier, schaute mal, was so los ist, und ging wieder. Auf dem Weg durch die Küche hat er noch neugierig den Kühlschrank inspiziert, welcher zum Abtauen gerade weit offen steht. Klar, hat er noch nie gesehen. Eine neue Situation.

Im Moment entdecke ich ihn durchs Fenster bei akrobatischen Querklettereien an den Pflanztrögen, die fünfstufige Hangbefestigung auf einer Seite des Hauses. Das Haus hat Hanglage, wodurch sich bei der Geländegestaltung rund um das Haus eine Vielfalt an interessanten Abwechslungen für die Katzen ergibt.

Haferflockenbrei. Malo liebt Haferflockenbrei. Als ich den gestern aß, hat Malo dermaßen verrückt gebettelt, dass ich ihm einen Esslöffel voll in sein Schälchen gegeben habe. Er schleckte alles mit höchstem Genuss auf. Erstaunlich. Er isst aber auch fast alles.
Rana dagegen isst überhaupt nur Trockenfutter. Niemals irgendein Frischfutter. Dazu trinkt sie zum Glück sehr viel. Und sie liebt und bettelt jeden Tag nach Leckerlistangen.
Bei Karli habe ich ganz viel versucht, als er bei und nach seiner Krankheit fast nichts mehr fraß. Aber Karli blieb eigen. Er isst weder rohen noch gedünsteten Fisch (nicht mal Fischfertigdöschen), weder rohes noch gedünstetes Fleisch, keinerlei Wurst. Käse – bäh!
Doch zumindest frisst er einige Fleischfertigprodukte, wenn auch immer noch nur gnädig. Nicht wie früher, mit Freuden und Kaum-erwarten-Können.
Malo bettelt immer. Aber er bekommt natürlich fast nie etwas. Doch, ich muss zugeben, bei ihm bin ich inkonsequent. Deshalb bettelt er ja auch. Bei ihm kann ich einfach nicht »Nein« sagen.
Auf die Küchentische gehen die Katzen nur noch selten. Aber doch manchmal. Und sicher dann, wenn ich weg bin, oder? Wie man so sagt: Da tanzen die Mäuse/Katzen auf den Tischen.

Neulich kam ich mit meinen Enkelkindern nach Hause. Alle drei Katzen saßen gelangweilt da und guckten uns nur an. Ich dachte, na komisch, alle wach, keiner pennt irgendwo, aber bitte, ist ja o.k.
Plötzlich rief David: »Oma, hier liegt eine tote Maus neben dem Körbchen!«
Keine Katze kümmerte sich mehr um die Maus. Das war wohl schon lange vorher abgelaufen.

»Eigenartig«, sagte ich. Ganz in Ruhe holte ich eine kleine Plastiktüte und ein Kleenex, nahm die Maus damit auf, wollte sie in die Tüte stecken, da kam immerhin Malo an, um »mal zu schauen«.
Er schaute und ließ mich machen und damit war das Thema »Maus« für heute erledigt.

21. April 2006

Auf dem Mäuerchen der Terrasse sitze ich, auf dem Schoß ein schlafender Kater, neben mir auf einem Kissen ein schlafender Kater. Die Sonne wird bald untergehen.

Frühling. Die Luft ist so klar. So ganz besonders. Von überall her »tönt« es. Die Vögel zwitschern in allen Bäumen und Büschen. Ein Konzert, bestehend aus Vielfalt. Kinder spielen in einem entfernten Garten. Das gedämpfte Bong-Bong des Balls. Immerzu. Und gedämpft die Kinderstimmen. Sie klingen ganz eifrig. Irgendwo klirrt ein Metall. Ein Löffel? Vielleicht wird später auf der Terrasse Abendbrot gegessen. Fast störend das zerrissene Brummen eines Flugzeugs. Ganz weit weg. Ganz weit oben.

Und die Katzen liegen eingerollt und schlafen. Schlafen nach – vom Rennen, den Tag über – und schlafen vor – für die Nacht, in der wieder viel los sein wird. Sie sind nachts nur unterwegs und haben es am Tag so wichtig, die drei. Wann ist es für Katzen schöner als im Frühling.

28. April 2006

Als ich heute Morgen mit doch einem gewissen kleinen Grausen wieder einmal eine ausgekotzte Maus in eine Plastiktüte entsorgte, und die Fliesen der Küche ein paar Mal heiß nachputzte, musste ich mir eingestehen, dass ich immer noch nicht weiß, ob Karli oder Malo diese Mäuse in letzter Zeit immer ins Haus bringt – ob lebend oder tot oder verspeist und wieder herausgewürgt. Bei den ausgespuckten, wurstförmigen Schlangen liegt immer das fellige Schnäuzchen und ein paar Innereien ungegessen daneben, welche Katzen nicht mögen. Der kleine Gourmet muss wohl am gleichen Ort das Mausmenü in sich hineinfressen und anschließend gleich wieder auskotzen.

Beide Kater waren schnurrend mit mir im oberen Stockwerk gewesen. Malo kam mit mir herunter, ging aber nach rechts ins Wohnzimmer, als ich nach links in die Küche ging und den Haufen dort entdeckte. Malo spielte eine halbe Stunde im Wohnzimmer, bis Karli auch herunterkam. Keiner von beiden betrat etwa interessiert die Küche. Karli entschwand durch die Terrassentür, Malo passierte »die Stelle« nach circa einer Stunde, um zum Fressnapf zu gelangen. Als er fertig gespeist hatte, schnupperte er wenigstens einmal lässig an »der Stelle«, als ob er überraschend plötzlich einen vagen Duft verspürt hätte. Das war's.

28. April 2006

Lieber Herr G.

Bitte nehmen Sie es mir nicht übel, dass ich Ihnen schon wieder schreibe.
Aber das Thema Zecken und Flöhe ist so hochaktuell.
Ich hoffte immer, dass Rana und Malo irgendwann einmal ohne Zecken auftauchten.
Das hätte dann geheißen, dass Sie etwas dagegen getan hätten.
Seit Wochen entferne ich Rana und Malo Zecken und Flöhe.
Die armen Tiere sind täglich so sehr befallen. Vor allem um den Hals herum. Sie müssen ihr »Hauptquartier« in einem Zeckennest haben. Bei Malo sind es täglich mindestens fünf Zecken. Manchmal erwischt man sie, wenn sie noch im Fell krabbeln.
Bin ich denn die Einzige, die die Tiere durchkrault? Dabei merkt man es doch ...
Ich würde Ihre Katzen ja behandeln, wenn Sie es erlauben – und nicht selber machen wollen. (Vielleicht Ihre Freundin?) Es muss in gewissem Zeitraum wiederholt werden. Zur Anwendung: ...
Ich bin froh, dass keine der Katzen in mein Bett kommt. Trotzdem habe ich schon drei Zecken geerbt. Überall in der Wohnung können sie sein, die Katzen liegen ja überall. Auch beim Kraulen krabbeln sie auf die Kleidung. Auf die Gefahr für Mensch und Tier bei Zeckenbissen muss ich ja wohl nicht hinweisen.
Heute Nachmittag fahre ich auf ein Seminar, kann mich nicht um die kleine Truppe kümmern.
Deshalb wage ich es, Ihnen zu schreiben. Pardon, ich möchte Sie nicht nerven.

Mit Grüßen,
M. Z.

Ende April 2006

Episoden

Der Neugierigste und Unbekümmertste ist ja der kleine Malo. Seine entzückende Neugier ist aber auch anstrengend. Man muss vor allem immer Acht geben, dass man nicht vergisst, nachzuschauen, ob er irgendwo in einen Raum oder einen Schrank hineingeschlüpft ist, den man dann eventuell für längere Zeit schließt.

Zurzeit gilt seine besondere Liebe den Toiletten, wenn gespült wird. Da springt er hoch auf die Brille, beobachtet völlig fasziniert das Wasser, das hineinschießt und wieder verschwindet. Und dann muss er ganz tief hinabschauen in die Röhre – ich hoffe, dass er bei dieser Gelegenheit nicht auch einmal etwas trinkt. Wenn in der Toilettenschüssel dann wieder Ruhe eingekehrt ist, sage ich zu ihm: »Also gut, jetzt komm wieder raus.« Dann springt er, wenn man Glück hat, auch gleich herunter, aber er muss erst noch mal hinter der Tür nachschauen, die man eigentlich jetzt endlich von draußen schließen möchte – und dort muss er sich zwischen Türe und Wand lang hinlegen. Und natürlich spielt er »Wackelpudding«, wenn man ihn aufnehmen möchte. Es ist wie mit kleinen Kindern. Alles dauert ein bisschen länger.

Malo beginnt, sich in meinem Haus einzurichten. Sozusagen »einzuziehen«. Es in Besitz zu nehmen. Er springt in jedes Waschbecken, steigt in die engsten Regale, umrundet dort akrobatisch die vielen kleinen Sachen, die ihm im Wege stehen, schaut in jeden Schrank, den ich öffne, steigt hinein, legt sich in die engste Nische.

Malo sitzt im Wohnzimmer. Ich gehe vorbei, bücke mich und streiche ihm über den Kopf. Er schnurrt.

Was sehe ich da zufällig, kaum erkennbar auf dem Teppichmuster? Neben Malo liegt eine tote Maus. Wieder mal. Uninteressant für Malo? Rana ist auch eben völlig uninteressiert vorbeigegangen. Sie schaute gar nicht hin.

Karli kommt klitschnass vom Regen herein. Ich rubbel ihn erst einmal mit einem Handtuch durch. Er geht ins Esszimmer, setzt sich neben Malo und fängt an, sich trockenzuputzen. Malo hat sich das Ganze angesehen, steht auf, geht zu Karli, schnüffelt an ihm und fängt ganz liebevoll an, ihm zu helfen, das Fell trockenzuschlecken.

Malo haart sehr. Karli überhaupt nicht. Rana auch nicht.
Malo ist als Einziger als »Langhaariger« zu bezeichnen.
Karlis Fell ist dünn, glatt, wie Seide zu streicheln.
Ranas Fell ist kurz, dicht, hochstehend, wie der Pelz eines Bären.
Ich kämme sie ab und zu durch. Die meisten losen Fellhaare sitzen am Rückenende/Schwanzansatz. Bis dort hinunter schlecken die Katzen wohl mit der Zunge die ausgegangenen Haare. Da sitzen sie nun fest, wie ein Haarbalg. Dort muss der Kamm seine Hauptarbeit tun. Die Katzen mögen das Kämmen sehr.

Ende April 2006

Es ist so weit. Frühling. Ich habe das erste Mal im Garten gearbeitet. All die Beete, Wiese, Büsche müssen in Ordnung gebracht werden.

Am interessantesten war es natürlich ganz am Anfang. Erst war nur Malo dabei. Ich hatte eine kleine Wanne, in welche ich die abgeschnittenen Teile hineinwarf.

Aber Malo sprang in die Wanne und füllte sie ganz aus. Ich konnte nichts mehr hineintun. Ich nahm Malo heraus – Wackelpudding – und wollte wieder abschneiden, doch nun legte sich Malo direkt auf die Pflanze. Also, das wurde einfach nichts, denn dann sprang Malo wieder in die Wanne. Ich rückte im Beet ein Stück weiter – er kam immer mit. Er musste auch mit all den Zweiglein und trockenen Blüten spielen, bis er überall im Fell etwas davon hängen hatte. Auch das Saubermachen war nur lustig, denn es bedeutete »Spielen«.

Karli kam dazu. Er wollte sich lieber nur im Gras in der Sonne aalen, nahe bei Malo und mir. Daraus wurde nicht viel. Er tat mir fast leid. Malo wollte spielen. Sprang ihn dauernd von allen Seiten an. Auf ihn drauf. Karli gab es auf, zu ruhen, und sie balgten sich im köstlichen, neuen, trockenen, warmen Gras, bis wieder irgendeiner quietschte, weil es wehtat und ich dazwischenfuhr. Nun fegten sie über die Wiese, von einer Seite zur anderen.

Nach vier Stunden Arbeit beendete ich mein Werken mit krummem Rücken.

Malo war schon wieder voller Erde. Karli stieg ich leider auf den Schwanz, sodass er panisch wegraste. Mit vielen Worten entschuldigte ich mich. Er kam auch wirklich wieder an und schmuste.

Beide wurden durchgebürstet, was sie lieben. Beide bekamen Vitamintablettenleckerli, die sie ebenfalls lieben. Malo liegt nun eingerollt auf dem Sofa und schläft einen erschöpften, tiefen Kinderschlaf.

Karli ist noch draußen. Sicher irgendetwas »Wichtiges« schauen. Oder er nutzt die Ruhe, wenn Malo schläft und liegt endlich selber irgendwo in der Sonne und genießt.

Ende April 2006

Labradorkind »Lulu«

Der Herr vom Telefonservice ist da. Er erzählt, dass er einen jungen schwarzen Labrador besitzt, gerade erst ein paar Wochen alt. Als er den Service erledigt hat und in sein Auto steigen will, sehe ich, dass der Hund dabei ist. Er hat im Auto gewartet. Natürlich springt die kleine »Lulu«, ein Welpenmädchen, heraus.
Und wer steht da natürlich in erster Reihe? Malo!
Malo spreizt alles, was er hat, und sackt nach hinten, sodass er ganz schief dasteht. Aber er bleibt. Die kleine »Lulu« ist begeistert von Malo, hüpft aufgeregt hin und her, wedelt mit dem Schwanz – und es sieht aus, als ob sie lacht. »Lulu« ist doppelt so hoch und doppelt so lang wie Malo, also viermal so groß. Aber Malo hält die Stellung.
»Lulu« läuft jetzt leider in den Garten und zur offenen Haustüre. Dort war gerade Rana aufgetaucht, um »mal nachzusehen«. Sie erschrickt so sehr, dass sie die zwei Meter hohe Treppengeländerkonstruktion zum 1. Stock hinauf in Sekundenschnelle senkrecht hochsteigt. Dort, ganz oben, schwankt sie auf dem schmalen, schrägen Geländergrat, aber sie schafft es, das Gleichgewicht zu erlangen und springt von da auf die Treppen, was auch noch mal hätte schiefgehen können.
Ich konnte ihr nicht helfen, alles ging so schnell.
Aber ich erwische wenigstens den Hund am Halsband. Übergebe ihn mühsam seinem Herrchen. »Lulu« findet es toll, dass nach der Autowarterei endlich etwas los ist.
Nun erscheint auch Karli. Hat er das Ganze aus sicherer Entfernung beobachtet?
Ich bin froh, dass ich die Haustüre zumachen kann. Nun sitzen die drei Katzen wie Statuen neben mir im gläsernen Eingangsvorraum vor der Scheibe und schauen starren Blickes zur Straße, bis das Auto gewendet hat und abgefahren ist.

Erst jetzt kommt wieder Bewegung in die Drei. Gemessenen Schrittes gehen sie nebeneinander durchs Haus.
Es kommt mir vor, als wären sie zufrieden und stolz. Vor allem stolz.

1. Mai 2006

»Freinacht«

Rana war gekommen, hatte sich in das lange von niemandem benutzte Körbchen im Schlafzimmer gelegt und dort Stunden verbracht. Ich wunderte mich schon. Dann kam Malo an, schnurrend, wie fast immer. Wir gingen hinauf, nach Rana zu schauen. Ich streichelte kurz Malo und dann Rana – da sah ich es, mehr fühlte ich es nur: Ihre ganze rechte Körperseite war getrocknetes, verklebtes Etwas. War sie verwundet? Unter der verhärteten Fellschicht? Käme vielleicht Blut zum Vorschein, eine Verletzung, wenn ich der Sache nachginge? Wie vorsichtig musste ich sein? Ich musste langsam vorgehen, was schwerfiel, da Rana verstört schien und mich nicht an sich heranlassen wollte. Auf gar keinen Fall. Doch das konnte ich natürlich auch auf gar keinen Fall so stehenlassen. Rana und ich begannen einen Wettlauf ins untere Stockwerk. Halle, Küche, Bügelzimmer, Katzenklappe. Direkt vor der Klappe kamen wir beide gleichzeitig an. Ich konnte die Klappe rechtzeitig schließen.

An Ort und Stelle begann ich mit ruhigen Worten und Streicheln zu untersuchen. Hart verklebtes Fell, aber mehr und mehr bemerkte ich, dass meine Hand schmierig wurde. Seife? Aufgelöste Seife? –

Jetzt, nach einer Stunde, bin ich der Meinung, es ist konzentriertes Haarwaschmittel oder Geschirrspülmittel.

Ein langer Prozess nun, Ranas Vertrauen zu gewinnen. Sie schimpfte unentwegt. Warnte. Knurrte. Ich begann mit einem nass-warmen Waschlappen, in langsamen Strichen auszuwaschen. Es schäumte immer mehr. Das Fell, die ganze Seite, ein einziges Geklebe. Solch eine Menge Seife.

Ich tippe auf Kinder in der »Freinacht«, vergangene Nacht, welche ihr eine Portion draufgeschüttet haben. Wahnsinnig lustig,

nicht wahr? Diese Sitte der »Freinacht« sollte man schnellstens auf den Mond schießen.
Also, ich wischte und wischte und spülte den Lappen aus und spülte, aber es schäumte immer weiter.
Malo, der neugierig – und solidarisch – neben uns blieb und alles von Nahem beobachtete, wurde von Rana wütend angegangen und angefaucht. Mit Worten unter Kindern hieße es etwa: Verpiss dich endlich, du neugierige Zicke!
Karli kam auch plötzlich, wie aus dem Nichts hervor. Muss irgendwo im Haus gepennt haben. Ich sperrte Malo und Karli aus der Küche, nahm Rana zur Spüle hoch und wusch ihr mit leicht laufendem Wasser und Lappen die Seite. Hier oben komischerweise keine Panik. Aber Ungeduld. Die Seife ging und ging nicht vollständig weg. Solch eine Menge!
Rana wieder auf dem Boden. Und ich redete und beruhigte und putzte. Dann holte ich meinen Föhn. Erst mal anschauen lassen. Kleinste Einstellung. Festhalten. In Etappen anföhnen, zwischendurch bürsten. Rana beruhigte sich. Nahm das Fremde begrenzt willig an. Irgendwann beschloss ich, es ist genug. Sie war nun fast trocken. Wenn auch nicht ganz in Ordnung.
Malo und Karli durften herein. Sie warteten doch noch hinter der Tür. Alle bekamen Leckerlistangen und geliebte Vitamintabletten mit Katzenminzegeschmack.
Katzenklappe auf – alle raus. Nun spazieren sie gemeinsam durch den Garten.
Meine Hände duften und kleben immer noch. Rana wird auch wieder schäumen, kleben und duften, wenn sie mal in den Regen kommt. Das Zeug ist nicht alles weg. Wenn sie sich putzt, wird sie Schaum vor den Mund bekommen. Wird sie kotzen? Was wird ihr Herrchen sich denken? Ich traue mich nicht, ihn anzurufen, ihn zu nerven. Ich habe ihm in den letzten zwei Wochen zweimal einen Brief in den Kasten geworfen. Ich kann doch nicht schon wieder …

Apropos Brief … Zecken. Von Malo habe ich heute früh die schon fast obligatorischen fünf Zecken abgeklaubt. Was wäre mit dem kleinen Kerl, wenn ich all die Zecken, welche er schon hatte, niemals weggemacht hätte?

2. Mai 2006

Im Fernsehsessel quer. Malo war gekommen und schnurrend auf meinen Schoß gesprungen. Der kleine Weltmeister im Schnurren. Das ist so laut, dass ich den Fernseher bald ausgemacht habe. Man verstand nichts Zusammenhängendes mehr. Malo liegt nun, verknäult mit der Decke und meinen Armen. Aalt sich. Wenn ich nicht aufpassen würde, wäre er schon x-mal hinuntergefallen. Wie kann man nur so viel schnurren. Strengt ihn das nicht an? Wo sitzt eigentlich das Schnurrzentrum? Seine Körperseite geht in Wellenbewegungen auf und ab. Plötzlich macht er einen kräftigen Ruck und liegt auf dem Rücken, Bauch nach oben, der Süße, Flauschige, alle Beine nach oben, die Vorderfüßchen locker abgeknickt. Noch zwei Schnurrer und aus – er ist eingeschlafen. Wie ein Kind. So sitze ich nun mit dem Kleinen, der überhaupt nicht mehr klein ist, fast so groß schon wie Karli ist, dieser kleine Kerl, der einst im Herbst von Rana als eine Handvoll Fellbündel auf meinen Esszimmerstuhl gelegt wurde. Und immer wieder gebracht worden war. Dann alleine kam. Dem ich ein umgedrehtes Holzkistchen vor die Katzenklappe in der Garage gestellt habe, weil er sonst nicht mehr hinausgekommen wäre. Den ich etwa 40 Mal nach Hause gebracht hatte – bis ich aufgegeben habe. Jetzt ist alles lockerer, ich lasse ihn einfach ein und aus gehen. Das ganze Theater liegt hinter mir. Es hat mich viele Nerven gekostet. Es hat mich so was von aufgeregt, plötzlich mit drei Katzen dazustehen.

O.k, sein Herrchen weiß, wo er und Rana sind, wenn sie nicht bei ihm sind. Ganz im Gegenteil zu mir, die ich überhaupt nicht weiß, wo mein Karli sich aufhält. Er ist nur noch recht wenig daheim. Wo kommt er her, warm und wohlig, mit nur ein paar Tropfen auf dem Fell, wenn er nach Stunden oder früh am Morgen erst heimkehrt, obwohl draußen ein Unwetter getobt hat. Na ja, eigentlich läuft im Moment alles ganz prima mit den Dreien. Sie lieben sich, sie gehören einfach zusammen. Rana und Karli kennen sich als Geschwister sowieso seit Geburt und Malo weiß es als Ranas Kind auch nicht anders. Also ist doch »heile Welt«. Wie schön, dass es das noch gibt.

Mai 2006

Episoden

Mit Malo kurz bei der Tierärztin. Er hat sich, sehr ungewöhnlich, irgendein Stück Holz schräg ins Fleisch gerammt. Vielleicht, oder sicher wohl, beim »Irgendwo-Herunterspringen«. Auf der Unterseite des Schwanzes, im oberen Bereich, dort, wo der Schwanz am Ansatz schon dicker ist.
Ich traue mich nicht so recht dran. Packe Malo kurzerhand in den Transportkäfig und fahre los. Er motzt nicht mal im Auto während der Fahrt. Es sind auch nur ein paar Minuten. Die Tierärztin zieht zwei schräg steckende Holzteile heraus. Es ist ein richtig großes blutiges Loch, welches tief hineingeht. Die Wunde wird gesäubert und bekommt Heilsalbe darauf, die ich noch ein paar Tage lang weitergeben werde.

Zecken. Zecken. Täglich.
Bei Karli nur vereinzelt. Er ist ja auch dagegen behandelt.

Im ganzen Haus – alle zwei Schritte – Haarbüschel von Malo. Der kleine Kerl haart so stark. Fellwechsel. Es ist Frühling. Jetzt erst ist der Schnee richtig weg.
Die Vögel jubilieren im Garten. Holen sich ihre Käfer aus der Wiese. Scheinen keine Furcht zu haben vor drei Katzen, welche ein und aus gehen. Sehr schön.

Karli frisst nun besser. Doch das wechselte ja bisher ständig. Plötzlich kann es sein, dass er wieder mäkelt, und ich sorge mich fast krank. Ich will das nicht dauernd erwähnen – es ist unterschwellig immer vorhanden. Er ist mein Sensibelchen, mein Sorgenkind.
Ich bemühe mich täglich, um sein Vertrauen, sein Sicherheits-

gefühl aufzubauen, bemühe mich um seine Zuneigung, indem ich ihm die meine zeige, die er auch mit Hingabe annimmt.
Aber dann geht er doch wieder irgendwohin, das ich noch immer nicht kenne, und kommt vielleicht erst zur nächsten Mahlzeit zurück. Wenn er überhaupt kommt.
Also, momentan isst er gerade mit Heißhunger und dabei schaue ich ihm neuerdings zu. Mit Vergnügen.
Das menschliche Schmatzen beim Essen ist mir zuwider – doch wie liebe ich das pure, genussvolle Schmatzen meiner Katzen! Dieses Schlabbern und Schlecken, wenn es so richtig schmeckt, ist für mich wie die schönste Musik.
Ein Essgenuss für sie – ein Hörgenuss für mich.

Malo ist das Streicheln heute so sehr wichtig. Er will, dass ich nicht aufhöre. Und meine Hand soll sein Köpfchen wärmen, schützen, bedecken.
Was heutige Katzen alles können – er zieht mit seiner abgeknickten Pfote, wie mit einem Haken, meine Hand immer wieder zu sich, wenn er glaubt, ich würde aufhören wollen. Etwa zehnmal zieht er meine Hand wieder zu sich, manchmal sogar mit zwei Pfoten.

Karli hat ja so lange schon nicht mehr auf seinem Superfell auf dem Sofa im Schlafzimmer gelegen. Weder tagsüber noch nachts. Und auch sein toller Fensterplatz mit der blauen Decke auf dem Travertin-Fensterbrett ist seit Langem verwaist. Er betritt das Schlafzimmer gar nicht mehr. Man könnte meinen, es riecht ihm zu sehr nach Malo und er meidet den Ort deshalb. Aber Malo geht da momentan auch nicht mehr hin. Was wohl so in den Katzen vorgeht?
Ist dies der »Winterschlafplatz« und das große Schaffell ist jetzt im Mai zu wärmend? Aber der geliebte Fenster-Rausschau-Platz?

Die Katzen verbringen seit Wochen jeden Nachmittag zu dritt, mit Rana, im Wintergarten. Dort liegen sie lang ausgestreckt auf der Zweier- und der Dreiersitzbank, auf dem Polster, das inzwischen ganz behaart ist. Stundenlang. Sie liegen da, völlig glücklich, manchmal alle drei auf dem Rücken, alle drei gleichzeitig ihr wuscheliges Bauchfell nach oben und alle Beinchen nach oben gestreckt.
Schlafend. Vertrauend.

Nun habe ich die Polster neu beziehen lassen. Natürlich nicht für die Katzen. Auch wir Menschen möchten manchmal dort, im Wintergarten, sitzen.
Die Polster sind also wieder da. Lehne und Sitzteil sind eins. In Weiß. Ob ich verrückt bin? In Weiß. Alt-Weiß. Aber sie waren ja vorher auch weiß. Ich wollte es eben wieder genau so. Es liegen nun beige Decken längs darauf. Sand, Erde, Zweiglein, Zecken, Flöhe, Milben werden täglich von diesen hellen Decken abgesammelt. Und von Zeit zu Zeit kann man die Decken waschen.

5. Mai 2006

Abends halb elf Uhr. Eine laue Maiennacht.
Gerade habe ich eine dicke, fette Spinne per Glas eingefangen und bringe sie durch einen geöffneten Spalt der Garagentür hinaus zum Straßenrand. Möglichst weit weg, sodass sie nicht wieder hereinkommt. Das Außenlicht beleuchtet alles hell. Eigentlich sehr romantisch, heute Abend.
Da sehe ich einen »großen« Fleck mitten auf der Straße, etwa 15 Meter weiter oben. Wenn da nicht Malo mitten auf der Straße liegt! Ich kenne seine Angewohnheiten, seine Unbekümmertheit. Ich gehe hin. Natürlich Malo. Da springen von zwei Seiten gleichzeitig Rana und Karli aus den Gebüschen. Also sind die drei, wie so oft am Tage, auch in der Nacht beieinander.
Die Straße und die Gärten liegen in völliger Ruhe. An den Häusern, tief in den Gärten, leuchten hie und da ein paar Fenster. Die Straßenlampen verteilen ihr abendliches Licht.
Und nun legen meine drei los. Malo springt über Karli hinweg, welcher nicht damit gerechnet hat. Au! Beide toben los. Springen aneinander hoch. Schon wieder klappert es. Rana hat inzwischen anvisiert. Rennt mit. Ist die Schnellere. Malo holt auf. Springt voll auf sie drauf.
Karli ist im Gebüsch verschwunden. Alle sammeln sich neu. Noch oft. Ein Hin und Her und Durcheinander. Die Straße, der große Garagenvorplatz, Büsche, Tore, Zäune, Garten gehören heute Nacht den Katzen. Solch ein Toben, eine Freude, ein Übermut in der lauen Mainacht.

Hausaufsatz von David, 3. Klasse Grundschule.
Die Rechtschreibung habe ich hier (leider?) verbessert wiedergegeben.

Thema: »Ich bin ein kleines Tier.«
David wählt: »Ich bin eine kleine Katze.«

Mein Onkel heißt Karli. Er wohnt inzwischen zwei Häuser weiter. Es wurde ihm einfach zu lästig, dass wir sechs Geschwister den ganzen Tag bei meiner Mama herumkrabbelten und quietschten.
Meine Mutter heißt Rana. Rana und Karli spielten schon immer zusammen in diesem Garten.
Karli zeigte Rana den Weg in das Haus seiner neuen Familie.
Als ich ein paar Wochen alt war, packte meine Mutter mich am Kragen und brachte mich in Karlis neues Zuhause. Jetzt hatte Karlis neues Frauchen die Bescherung.
Meine Mutter brachte mich immer wieder in dieses Haus, bis ich alt genug war und alleine hinfinden konnte. Mein rotes wuscheliges Fell wuchs immer länger. Irgendwann haben sie mir einen Namen gegeben, ich heiße Malo.
Obwohl Karli unseretwegen weggegangen ist, bin ich immer bei ihm zu Besuch. Inzwischen bin ich ein sehr guter Freund von Karli geworden.
Mit Karli sause ich um alle Möbelstücke, mit Karli spiele ich Verstecken, mit Karli klettere ich Bäume hoch, Karli esse ich alles Essen aus seinem Schälchen weg, mit Karli sitze ich in der Dusche und beobachte die Wassertropfen, die herunterlaufen.
Ich bin jetzt ein dreiviertel Jahr alt.

17. Mai 2006

Malo, das neugierige Katzenkind. Alles muss er untersuchen, in alles schaut er hinein, in alles steigt er hinein. Sitzt in jedem leeren Blumentopf, in jeder Pflanzschale. Jongliert über wackelig gestapelte Geranienkästen, die auf Erdewechsel warten, irgendwann neu bepflanzt werden sollen. Zu jedem Punkt, der sich auf dem Boden bewegt, muss er hingehen, schauen, überlegen, entscheiden, ob spielen, fressen oder weiterlaufen lassen. Bei Kellerasseln bin ich dann schon froh, dass er auf »Weiterlaufenlassen« entscheidet. Bei Wespen bleibt mir halb das Herz stehen. Fliegen frisst er sowieso, das weiß ich inzwischen. Und sie lassen sich so schön jagen (die Armen), vor allem, wenn sie an der Innenseite der Fensterscheibe sitzen. Irgendwann sind sie dran, da haben sie kaum eine Chance, es sei denn, ich hole sie vorher weg und entlasse sie ins Freie.

Inzwischen gehen meine Blicke täglich in der Garage auf Spinnensuche, damit ich eher dran bin als die Katzen. Bringe die Spinnen dann in den Garten, weit weg. Die Vorstellung, eine Katze schmatzt eine dicke, fette, schwarze Spinne und die Beine hängen noch aus dem Schnäuzchen heraus, ist mir einfach zu ekelig, um es darauf ankommen zu lassen.

Karli kommt vom Garten in mein Malstudio und hat es sehr wichtig. Er maunzt und schnurrt und maunzt, und plötzlich kapiere ich glücklicherweise, dass er sagt, es wäre Zeit für ein Fressen, denn er hat Hunger. Natürlich sage ich ihm: »Ja gleich, ja Schätzlein, ich komme schon!« Wir gehen gemeinsam die Treppe hinauf, und er findet es wohl toll, dass ich sofort verstanden habe und ist total lustig. Läuft und springt neben mir her, bleibt wieder einen Schritt lang stehen, saust erneut los. Er schmeißt beim Treppesteigen sein kleines Pochen hin und her und seine Beine sind ja sowieso die schönsten der Welt. Vorder-

und Hinterbeine. Alle vier. Glückliches Schnurren begleitet unseren Treppenaufstieg.
Welch ein Geschenk. Karli ist selten noch so lustig, so ausgelassen, wie er mal früher war, noch vor einem halben Jahr.
Ich meine, Malo als Mitbewohner, der er ja geworden ist, hat Karli viel von seiner Unbeschwertheit genommen. Von seinem Selbstbewusstsein und dadurch von seinem Sicherheitsgefühl. Er lässt mich nicht mehr an sein Seelchen heran. Es tut mir so weh. Ich habe mich monatelang extrem bemüht, die anderen Katzen nur als Gäste zu haben. Mein Bestreben half nichts. Er selber brachte und bringt Malo mit hierher. Hintereinander poltern sie zur Katzenklappe herein. Er braucht und mag Malo. Und doch leidet er unter ihm. Das Leben spielt so seine Spiele.

18. Mai 2006

Malo kommt – Malo geht.

Und innerhalb der 20 Minuten hat er mich total beschäftigt, denn er hat sich gelangweilt. Erst mal das Morgenfressen. Thunfisch mit Ei. Gesund, ohne Chemie, ohne Zucker, ohne Suchtstoffe. Ganz ausgegessen. Hat geschmeckt.

Dann hing er so um mich rum. Wollte auf die Küchenschränke schauen. Machte sich ganz groß. Kommt mit den Vorderfüßchen schon weit hinauf an den Schranktüren.

Also gut. Ich nehme ihn auf den Arm, lasse ihn aus dem Fenster schauen. Findet er nett, schnurrt. Zeige ihm, dass auf den Küchenarbeitsplatten nichts vorhanden ist, das für ihn interessant wäre. Doch. Da in der Ecke liegt eine Leckerlistange. Ich packe sie für ihn aus. War also schon mal ein kleiner Erfolg, hat sich gelohnt. Er geht ins Bügelzimmer, schaut hinauf. Da stehen Waschmaschine, Trockenmaschine und ringsherum küchenartige Einbauteile, auf denen immer irgendetwas liegt. Ich sage: »Malo, nicht hinauf!« Aber er will eben – und schwupps ist er oben. Stakelt da herum. Schaut in die Bügelwäschewanne. Schnurrt. Muss unbedingt eine dicke Tragetasche umrunden. Springt auf einen Hocker, der da neben seinem Fressschälchen steht, wälzt sich schnurrend darauf, und wenn ich ihn nicht abstützte, würde er sich herunterfallen lassen. Mal wieder Wackelpudding. Ich überlasse ihn jetzt doch einfach sich selber. Plötzlich geht die Katzenklappe. Weg ist er.

Anfang Juni 2006

Malo wartet jeden Morgen im Bad, auf seinem selbst erwählten Platz, darauf, dass ich aufstehe.
Er kommt auch nicht ins Schlafzimmer, während ich da noch Vorhänge aufziehe, Rollos hochziehe, Fenster öffne.
Er wartet im Bad. Und wenn ich vorsichtig hineinschaue, ob er denn auch da ist, blinzelt er vertraulich, vielleicht auch verschlafen, oder er wirft sich gleich schnurrend auf den Rücken, alle Beine in die Höhe gestreckt.
Dann wird erst mal durchgekrault. Dabei natürlich nach Zecken abgesucht. Das liebt er. Das Zeckenziehen nimmt er hin wie selbstverständlich. Nur wenn das »Freilegen« zu lange dauert, wird er ungeduldig. Aber er hat ja solch ein dichtes, langes Fell, dass das »Scheiteln« manchmal etwas dauert. Ansonsten würde man Fell mitreißen. Das geschieht in geringen Mengen unvermeidlich sowieso. Ein paar Härchen.
Befinde ich mich auf der Toilette, schmeißt er sich schnurrend auf meine Füße. Beim Spülen muss er dann schauen, wie das Papier verschwindet.
Wir gehen zusammen den Gang entlang, die Treppe hinunter. Malo wie ein kleiner Hund, wie »bei Fuß« neben mir her. Er ist zu süß, wenn seine kleinen Beinchen die Treppe hinunterlaufen, ganz eifrig, meist doch einen Schritt voraus.
Wir gehen durch die Halle und schauen im Wohnzimmer nach, ob Karli in seinem Körbchen liegt. Oft liegt er dort und schläft vielleicht noch. Nun wird Karli durchgekrault, mit vielen lieben Worten bedacht. Natürlich dabei auch nach Zecken abgesucht, was er gerne zulässt. Aber das Ziehen mag er gar nicht. Er ist da ungeduldig, warnt und knurrt. Zum Glück hat er nie so viele Zecken, wie Malo sie hat. Oft gar keine.
Nun muss ich aufpassen, dass Malo ihn nicht sofort zum Kämpfen überfällt. Karli ist noch schlaftrunken und ich selber habe meine Zecken-Such-Arbeit noch nicht beendet.

Irgendwann ist Karli auch nicht mehr zu halten. Entweder toben sie eine kleine Runde oder sie reagieren gleich auf meine Worte: »Kommt, jetzt gibt's was Feines. Was gaaanz Feines.« In der Küche sitzen beide dann wartend, ungeduldig maunzend neben mir, wenn ich die zwei Schälchen fülle. Malo streckt sich meistens am Küchenschrank hoch. Seine Beinchen reichen bis zum obersten Schubladenknauf.
Beide bekommen gleichzeitig ihre Schälchen in ihr silbriges Doppelgestell eingesetzt. Beide haben ja ihr eigenes, nebeneinander. Jeder hat ein Schälchen für Trockenfutter und ein Schälchen für abwechselnde Fleischgerichte. Nebeneinander isst es sich lustiger, als alleine. Sie regen sich dabei gegenseitig an, wenn es dem einen richtig schmeckt und dem anderen dann auch. Es ist wieder Musik der schönsten Art in meinen Ohren, wenn die beiden dasitzen und es aus ihrer Richtung so genussvoll schmatzt.
Wenn die Schälchen ganz oder fast leer sind, das Mahl vorbei ist, hocken die beiden im Esszimmer, lecken sich eifrig rechts und links und rechts und links die Münder und dann das Fell.
Zufriedene Geschöpfe – mit der Welt im Reinen.

Eifersucht hatte durch die Räume gefunkelt. Karli und Malo.
Doch heute – die »Kinder« spielen wieder miteinander.
Jeder ist etwa zehn Minuten lang durchgekrault worden. Ruhe und Genießen. Jeder ist nun zufrieden. Jeder hat gut gefressen, sich geputzt, ein bisschen im Wohnzimmer getobt – und jetzt gehen sie nebeneinander hinaus auf die Terrasse und die lange Treppe am Haus entlang hinunter zum Weiher. Nebeneinander im gleichen Schritt, als Freunde. Na also!

Heute Nacht um drei Uhr bin ich vom Lärm unten aufgewacht. Und was finde ich vor, im Bügelzimmer, bei den Fressnäpfen? Eine große schwarz-weiße fremde Katze. Sie faucht mich mehrmals an. Behauptet ihren Platz hier. Faucht weiter und bleckt ihr ganzes Gebiss. Ich rede mit ihr, schicke sie mit Gesten zur Katzenklappe. Sie faucht weiter.
Ich schließe die Tür zu den Wohnräumen schnell, damit sie sich nicht vielleicht noch dorthin absetzt. Sie von dort irgendwo hervorlocken zu müssen wäre unangenehme Arbeit. Aber vor allem auch will ich Malo wegschließen, der erstaunlicherweise relativ uninteressiert (also gewöhnt an diese fremde Katze?) dasitzt, im Bereich des »Tatortes«, um zuzuschauen.
Alles das nachts um drei Uhr.
Hilfe suchend blicke ich um mich. Da steht neben der Türe zur Garage ein Terrassenbesen, mit langen, grünen, starrigen Plastikborsten, der auch noch schön laut raschelt.
Die Katze hat sich beim Heizkörper in die Ecke gedrückt, faucht und bleckt. Warum ist sie nicht inzwischen gegangen? Ich fange da hinten, bei der anderen Seite der Heizung an, mit dem Besen zu werkeln, ihr Angst zu machen. Es sind doch ganz unbekannte Geräusche. Die Szene kommt mir geradezu absurd vor. Die Katze ist ja mutig. Denkt sie denn, heute steht die

Bewährung ihres Lebens bevor, heute geht die Welt vielleicht unter. Sein oder Nichtsein. Tot oder lebendig. Tapfer ist sie auf jeden Fall. Aber ich muss sie hinausbekommen. Auch für mich ist »Sein oder Nichtsein«.

Mit dem Raschelbesen habe ich Erfolg. Sie zischt durch die erste Klappe, will in der Garage bei der zweiten Klappe noch mal zögern, hört und spürt den Besen hinter sich, dazu noch lautes Reden und als sie halb draußen ist, auch Händeklatschen. Sie soll sich vor diesem Haus ab jetzt so richtig gruseln, damit sie nicht wiederkommt.

Geschafft.

Tage später.

Ich glaube, diese fremde Katze war seitdem nicht mehr da. Die Fressnäpfe sind am Morgen weniger »kahlgefressen«. Ich glaube, sie war schon tagelang nachts gekommen. Ich wunderte mich morgens schon länger, dass die Katzen »so gut« gefressen hatten. Ich habe mich täuschen lassen, denn Karli war seit der letzten Intensivparasitenbehandlung wieder ein kleines bisschen »viereckiger« geworden. Auf dem Weg hin zu meiner wohlgenährten, viereckigen Katze mit dem breiten, schönen Katergesicht.

Fazit: Ende gut – alles gut.

Juni 2006

Episoden

Ich sitze am Tisch und es riecht so komisch. Eigentlich medizinisch. Aber woher und von was? Es liegt nichts Besonderes herum, was sonst nicht auch da wäre. Ich bücke mich unter den Tisch. Da sehe ich unter der Eckbank hinten im Schatten etwas Schwarzes liegen. Hm, die Größe eines Geldbeutels, aber rundlich. Man kann das mit Tisch und Eckbank von Weitem nicht gut erkennen. Aber mir ist klar, es muss mal wieder ein Tier sein. Etwas größer als eine Maus.
Eine Plastiktüte parat, Gummihandschuh gesucht und gefunden, an einer Hand übergestreift. Dreilagiges Kleenextuch genommen, Tisch abgerückt so weit es geht, immer noch nur geahnt, dann mutig genommen – es ist ein kleiner Maulwurf. Wo sie den gefunden haben? Ich habe zum Glück keine Maulwürfe im Garten. Aber jetzt habe ich einen unter der Eckbank. Ein Gruseln überzieht meinen Rücken, so ein Schauer, so ein Grausen, als ich ihn nehme, den Verwesenden, Stinkenden, ihn in die Plastiktüte stecke und in die Mülltonne bringe. Sie steht schon am Straßenrand, heute wird entleert.

Zufällig sehe ich, wie Nachbarskatze Moritz im Galopp hinter Malo her durch den Garten jagt. Sie kommen vom Weiher herauf und fliegen fast über die Wiese. »Hallo, was ist denn da los?«, rufe ich, aber sie sind schon in den Gebüschen verschwunden. Es rührt sich auch nichts mehr. Nicht eine einzige Katze raschelt dort herum, als ich nachschaue. Können sich Katzen in Luft auflösen oder hatte ich gerade eine Halluzination?

Gestern kam Rana, verlangte mit energischen Tönen ein Leckerli. Sie bekam es ja. Auf dem halben Ahorn-Holzbrett, welches am Türrahmen liegt, um die Tür immer offen zu hal-

ten. Die andere Hälfte des schönen Bretts, das sich einmal in der Spülmaschine in zwei Teile gelöst hatte, liegt am Türrahmen der nächsten Tür.
Auf dem einen Brett bekam Rana ihr Stick, auf dem anderen Malo eines, denn er kam gerade auch herein. Diese Sticks sind 14 cm lang, dünn, mittelweich und werden von mir mit der Hand in kleine, mundgerechte Stückchen gerissen.
Da nun Rana ihre Teilchen zuerst bekommen hatte, war sie früher damit fertig.
Malo, der ganz gemütlich und zufrieden an seinem Häufchen auf dem anderen Brett fraß, dachte sich nichts Böses, als Rana anschoss, ihn anknurrte, anfauchte, ihr ganzes Gebiss bis zum Zahnfleisch bleckte und Malo anzischte. Sie wollte seine Teilchen fressen.
Malo fiel vor Schreck zurück, platt auf den Bauch, duckte sogar das Köpfchen auf den Boden. Völlig verschreckt, aber gleichzeitig völlig ergeben, völlig in Ehrfurcht und Gehorsam vor seiner Mutter.
Rana schnappte sich die Restteile. Verschlang sie im Nu.
Ich schickte Rana sofort ins Esszimmer, gab Malo schnell noch ein Stangerl, streichelte den kleinen Verstörten, ging zu Rana, die mich genauso anfauchte, mit ihrem ganzen Raubtiergebiss. Sie war nicht zu beruhigen. Fauchte und motzte herum, bis ich die Terrassentür öffnete, woraufhin sie auch gleich schimpfend ging. Was war denn da los? Sie kam den ganzen Tag nicht mehr.

Am nächsten Morgen:
Rana kommt, sagt »Raa – Hallo«, streift ihre Kehle am Türstock, am Schrank, ich sage »Ja hallo, Rana!«, streichle sie, Rana schnurrt, windet sich, wirft sich auf die Seite, wälzt sich in Wohlbehagen. »Hast wohl gestern einen schlechten Tag gehabt, was?« Sie bekommt ihren Leckerlistick, ist zufrieden, begrüßt Malo mit einem kleinen Bussi und geht wieder.

12. Juni 2006

Karli war zwei Tage nicht heimgekommen. Heute ist der dritte Tag. Es ist Montag. Ist er über das Wochenende irgendwo eingesperrt? Sind Leute weggefahren, ohne zu bemerken, dass Karli bei ihnen vielleicht irgendwo in einer Ecke schläft. Ich weiß ja nicht. Es sind auch noch Ferien. Pfingstferien.

Am ersten Tag bemühte ich mich, meine Sorge wegzuschieben. Auch weiterhin »redete« ich mit mir, machte einfach zu. Ich muss aufhören, mich verrückt zu machen. Doch plötzlich, jetzt am Abend, gerade eben, baut sich eine Panik auf. Lebt er noch? Leidet er irgendwo unerträgliche Schmerzen? Liegt er irgendwo im Hang, der von meinem Garten steil zum Bach abfällt – verletzt vielleicht, von einem Fuchs gerissen – gestern schon – vielleicht? Oder vorgestern? Ich gehe den Gartenteil bei der Hütte ab, es ist nichts zu sehen, am Zaunrand ist alles voll dichtem Gebüsch. Ich stochere sogar im Regenwassertrog – vielleicht ist Karli hineingefallen und ertrunken.

Wo der Hang zum Bach abfällt, steht seitlich ein Haus. Ich sehe den Nachbarn herauskommen. Ich rufe ihm zu, dass ich meinen Kater Karli vermisse.

Neben mir raschelt es im Gestrüpp. Ich orte die Stelle in der bereits eingetretenen Dämmerung. Eigentlich kann man hier gar nichts mehr so richtig erkennen. Und doch bin ich sicher, dass dieser kleine dunkle Fleck dort im Düsteren ein Igel ist. Meine Gedanken erlauben sich kurz, zu Igeln und zu Garten abzuschweifen. Ich habe in meinem Leben schon so viele Igel gesehen, beobachtet, gehabt, gefüttert, zum Tierarzt gebracht, impfen lassen, um diese zu kleinen Igel über den Winter bringen zu können. Ent-zeckt, zum Ent-flohen im Waschbecken gebadet, mit Pipette gefüttert, sterbend in den Händen gehalten – sodass ich sicher weiß, diese Raschelgeräusche macht ein Igel auf Nahrungssuche.

Aha, denke ich mir, ein Bewohner meines Gartens, den alle

Katzen gut kennen, sie treffen sich bestimmt nachts öfter, nur ich hatte dieses Jahr bisher keine Igel gesehen.
Ein paar Meter weiter neben mir befinden sich die zwei großen gemauerten Kompostsilos. Die darf man immer nur zu einem Drittel abheben beim Umschichten, ja man darf sie überhaupt nicht leeren, denn ganz unten drinnen wohnen Blindschleichen, die wir nicht stören wollen. Blindschleichen lebten hier schon, als es noch gar keine Häuser gab.
Um wieder auf Karli zurückzukommen, erkläre ich der inzwischen zusammengelaufenen Nachbarsfamilie, wie Karli genau aussieht. Bei dieser Gelegenheit erfahren sie auch von Rana und Malo, ein bisschen »Familiengeschichte«.
Der Vater der Nachbarfamilie sagt, er habe in den letzten Tagen auf dem Weg bei ihnen unten eine getigerte Katze gesehen. Ich nehme mir vor, der Sache morgen nachzugehen. In der Straße dort haben mehrere Leute Katzen. Ich erfahre jetzt auch, dass öfters morgens sehr früh ein Reh im Hang herumklettert, in Richtung zu mir herauf. Ich meine aber, es geht bestimmt eher in den nächsten Nachbargarten, denn jener hat keinen Zaun zur Schlucht hinunter, ich aber schon.
Früher, vor Jahren, als wir auch noch keinen Zaun hatten, kamen Rehe täglich, bzw. nächtlich, und sie fraßen die Knospen der Tulpen und später die Knospen der Rosen ab. Und zwar nur die roten Knospen! Sie waren noch so geschlossen, dass keine Farbe herausspitzte. Also müssen rote Blumen, auch als Knospen, anders riechen und schmecken als gelbe. Sehr interessant. Wer weiß so etwas schon.
Einst lag eine Rehkuh mit ihrem Kitz im Garten auf einem sonnigen, ruhigen Plätzchen, den ganzen Vormittag über. Es war dort, wo wir dann später den Weiher gebaut haben.

Inzwischen ist es natürlich ganz dunkel geworden. Meinen Karli finde ich nicht. Eine schreckliche Nacht. Mit so vielen

Gedanken. Den schrecklichsten. Am Morgen gerädert, aber kein Karli.

Gleich heute früh: Massage-Termin. Mein Rücken. Mittagstermin beim Heilpraktiker zum Wirbel-Einrenken. Das Leben geht ja weiter. Mittag. Ich will losfahren und finde meinen Geldbeutel nicht in der Handtasche. Suche, suche. Die Zeit wird knapp, ich sollte bald losfahren. Jetzt muss ich aber – auch ohne Geldbörse.

Fahre aus der Garage, fahre etwa 30 Meter, da treffe ich eine nette Nachbarschafts-Dame. Karlis Geschichte kennt sie.

Ich halte an, steige aus, erzähle ihr im Eiltempo von Karli, den ich vermisse, und – was ist das, sehe ich recht? – ich schaue mehrmals hin, zwinkere mit den Augenlidern, bis ich es glaube – da spaziert mein Karli aus der gegenüberliegenden Einfahrt (Cindy Golden Retrievers Einfahrt) heraus. Seelenruhig über die Straße. Zu meiner Einfahrt. Es ist 12.20 Uhr. Er ist wieder da. Reden, ins Haus gehen, streicheln.

Wie gut, dass ich mich aufgehalten habe, dadurch passte unser »Timing«, andernfalls wäre ich schon weg gewesen.

Er ist dünn geworden. Bekommt sein Schälchen mit Frischfleisch. Isst alles auf. Als er fertig ist, geht er herum und markiert mit seinem Kinn-Duft die Möbel, den Teppich, die Türkante, den Türstock und mich. Er nimmt wieder in Besitz. Kraulen. Aber er schnurrt lange nicht. Das dauert. Endlich, ein kleines Vibrieren in seinem Körperchen. Wenigstens ein Ansatz. Er geht herum, sucht sich einen Schlafplatz. Ich sage ihm dass ich wegmuss. Katzen verstehen, wenn sie einen schon länger kennen, am Tonfall, an der Wortwahl, in etwa, was man meint.

Also – er ist wieder da! Glück!

Ich sause los. Bin zu spät. Aber was hätte ich für Karli alles getan, wenn es gerade nötig gewesen wäre.

Finde dort gleich einen Parkplatz. Glück. Wühle beim Gehen in meiner Tasche, um das Handy zu suchen, will anrufen, mich entschuldigen, dass ich zu spät komme. Was greife ich da plötzlich statt Handy – meinen Geldbeutel. Da ist er wieder mit all seinen Karten, Zettelchen, Bargeld. Glück!
Als ich nun so spät zum Termin komme, bricht es wie eine überschlagende Welle aus mir heraus. Ich erzähle von Karli und vom Geldbeutel. Von all den Sorgen. Und jetzt ist alles wieder gut. Alles gelöst. Ich selber gelöst. Kann es noch gar nicht fassen. Aber – Hurra!

Ende Juni 2006

(Sei nicht traurig.) Alles ist anders geworden. Alles Junge, Fröhliche, Frische ist vorbei. Karli bleibt jetzt oft für zwei bis drei Tage verschwunden. Er ist kaum noch hier. Und ich sorge mich und sorge mich und weiß nicht, wo ich suchen soll. Er kommt irgendwann zurück, alle Knochen stehen ihm spitz heraus. Er frisst dann völlig ausgehungert, auch zwei Portionen auf einmal. Ich werbe um ihn, aber er geht an mir vorbei.

Keine Katze sitzt mehr morgens in der Dusche, um die Wassertropfen zu beobachten. All diese Jugendspiele, Fast-Rituale, sind vorbei.

(Sei nicht traurig.) Karli betritt überhaupt nicht mehr das Schlafzimmer. Sein geliebtes Sofa, auf dem er sich aalte. Die Decke auf der Fensterbank, auf der er schnurrend lag, hinausschaute, ist schon lange verwaist. Das Körbchen im Wohnzimmer bleibt leer. Niemand liegt mehr am Eckfenster, dort, wo sich einst alle drei Katzen abwechselten, weil alle den Platz so liebten, wo Karli mit Malo verkuschelt lag. Es ist, als bewahrten die Katzen diese Plätze für Karli auf. Es ist eine Erstarrung eingetreten.

(Sei nicht traurig.) Keine tobende Bande fegt mehr durch die Räume, durch den Garten. Sei doch nicht so traurig, mein Herz.

Karli mag Malo nicht mehr. Der kleine Malo, dieses liebenswerte, zauberhafte, unbedarfte, liebebedürftige, verspielte, entzückende Katzenkind nimmt ihm sein Heim, nimmt ihm meine alleinige Zuwendung und Aufmerksamkeit – und so ist Karli gegangen.

Es ist, als wäre Karlis Herz gebrochen.

Malo wohnt quasi bei mir. Was soll ich denn machen. Der Kleine weiß nicht, was mit Karli los ist. Malo fühlt sich jetzt plötzlich meist alleine, gelangweilt, schaut mich fragend an

und piepst: »Was ist los?« Dann nehme ich ihn auf den Arm und hab ihn lieb.
Malo sucht Karli auch und wundert sich. Aber ich kann Malo nicht verstoßen. Nicht schon wieder. Dann gäbe es zwei Katzen mit gebrochenen Herzchen. Und meines dazu.
Rana kommt wie immer nur selten, frisst, bekommt Leckerli, ist sehr lieb und zutraulich. Lässt sich durchstreicheln, entzecken, schläft irgendwo ein Stündchen, oder geht gleich wieder.
Niemand in der Nachbarschaft weiß, wo Karli steckt, wenn er dann wieder verschwunden ist.

Manchmal denke ich, ganz langsam gewinne ich Karli wieder zurück.
Es sind Glücksmomente, wenn er da ist – und Malo gerade nicht – und ich mich ihm ganz alleine widmen kann. Ganz lange. Bei ihm sitzen, mit lieben, leisen Worten reden, ihn auf dem Schoß halten, so lange, wie er es möchte. Ihn auf meinem Schoß schnurren und sich wohlfühlen lassen, bis er einschläft. Und wenn er aufwacht, immer noch dasitzen, mit ihm auf dem Schoß, ihm meine Liebe zeigen, die er so braucht und die er so, so inniglich zurückgibt.

Langsam, langsam wächst wieder Vertrauen. So schwer. Immer öfter kommt er nach Hause, vor allem zu den Mahlzeiten. Mehrmals am Tage bekommt er Fleischtütchen. Er soll wieder zu Kräften kommen.
Er nimmt nach und nach wieder seine Plätze an, streift sie mit dem Kinn, gibt ihnen damit seinen Geruch. Er gibt Malo Bussis bei der Begrüßung, aber das Kämpfen kann er nicht leiden. Malo kämpft so ungestüm, so wild. Da geht Karli sofort aus dem Haus. Leider fängt Malo immerzu wieder an. Vor Glück, dass Karli endlich länger da ist. Ich versuche, Malo klarzumachen, dass jetzt kein guter Zeitpunkt dafür ist. Irgendwie

kapiert er es auch, der Kleine, senkt dann das Köpfchen, wirkt enttäuscht, versteht aber nicht, warum er nicht spielen darf.
Karli taut nur langsam wieder auf.
Als ich in meinem Studio ein paar Stunden male, schlafen beide Katzen neben mir. Als dann Karli gehen will, einfach so, schweigend, da sage ich zu ihm: »Du kannst ruhig mit mir reden.« Da kehrt er um, kommt zu mir und sagt »Mau«. Es macht mich glücklich. Wir gehen alle hinauf zu den Fressnäpfen und es gibt das Abendessen. Auch nach dem Essen bleibt Karli hier und irgendwann gehen beide Katzen durch die Klappen weg. Wird es wieder mit den beiden?
Wie ein Kranker oder Genesender bewegt sich Karli nur langsam. Er will Ruhe. Er ist so ernst.
Ich bin so traurig. Er tut mir so leid.

2. Juli 2006

Ich habe zwei Damen der Nachbarschaft mitsamt einem Ehemann und einem Kind zum Drink, Kaffee, Kuchen eingeladen. Sommer, Sonne auf der Terrasse. Und zwar, um die Geschichte der drei Katzen ausführlich zu erzählen. Ich habe zwei Stunden lang, fast ununterbrochen, wie ein Wasserfall geredet, um alles loszuwerden.

Das erschien mir notwendig, denn als ich Karli einmal wieder suchte und mit einer, mir bis dahin noch unbekannten Dame der Nachbarschaft zu reden kam, erfuhr ich, dass man sich in der Gegend schon fragte, wem wohl diese arme, abgemagerte Katze gehören mag. Und ein empörter, stechender Blick entkam ihren Augen. Sofort entschied ich, diese Sache aufzuklären und dabei vielleicht zu erfahren, wohin Karli immer geht. Zu den verschiedenen nahen Nachbarn, oder weiter weg? Wo war er, wenn er mal wieder tagelang nicht nach Hause kam und ich mich so sorgte und ihn suchte? Irgendwo musste er in der Zeit gewesen sein. Wo nur?

Momentan hat er ein paar Gramm mehr auf den Rippen. Das wechselt aber immerzu. Inzwischen wissen schon mehrere Nachbarhäuser um mein Problem und wissen zum Glück, wohin die Katzen gehören.

Später.

Wie schön, Karli schläft auf meinem Schoß ein. Ist nicht gleich wieder heruntergesprungen – auf der Flucht vor mir, vor dem Sessel, vor sich selber.

Im Halbschlaf seufzt er einige Male tief. Es ist für mich, als fiele jedes Mal ein Stein von seinem Seelchen.

Nach einer Zeit, in seiner Aufwachphase gähnt er wieder und wieder. Beim dritten Mal fange ich auch damit an. Gähnen ist ja ansteckend, auch von Tier zu Mensch. Nun gähnen wir um die Wette.

Mit Besuch gemütlich am Kamin im Wohnzimmer.
Wer springt mir da von der Seite auf die Sessellehne, steigt zielsicher auf meinen Schoß, rollt sich ein und schläft fast im selben Augenblick? Es ist Rana. Zum ersten Mal in meinem/ihrem Leben auf diese Weise, als ob es ihr Stammplatz wäre. Ich bin perplex. Kraule. Sie schnurrt, schläft, schnurrt, schläft. Sie braucht mal wieder einen Menschen. Ich habe erfahren, dass ihr Herrchen an den Gardasee verreist ist. Ich merke es schon seit Tagen. Sie braucht vermehrt Reden und Streicheln. Sie kommt auf der Straße angelaufen, wenn sie mich sieht, schmeißt sich auf den Rücken, streckt schnurrend alle vier Beine in die Luft, will gekrault werden. Mitten auf der Straße. Dann rennt sie im Galopp, mit vergnügten Sprüngen mit mir ins Haus, verlangt ihr Leckerli, und noch eines, wälzt sich auf dem Teppich, lässt mich nach Zecken suchen. Dann frisst sie Trockenfutter aus Karlis Napf, frisst aus Malos Napf und wieder aus Karlis. Hat es ganz wichtig, zeigt, dass es ihr schmeckt und gut geht und trinkt als Abschluss dann am Wassernapf so viel, wie ein kleines Kamel, das sieben Tage durch die Wüste gehen muss.

10. Juli 2006

Ich komme um 17 Uhr zurück von einer kurzen Reise. Fünf Tage »oben an der Mainschleife«.

Marion hat sich um die Katzen gekümmert, ist aber nachmittags nicht mehr da, so haben wir es ausgemacht.

Ich hatte ihr den automatischen Garagentüröffner zu Hause gelassen, parkte mein Auto somit erst mal vor der Garage, ging die paar Schritte auf der Straße zum Haupteingang.

Wen sehe ich gegenüber in der Einfahrt der Nachbarn sitzen? Malo, der wie fasziniert ins Gebüsch starrt, mich gar nicht beachtet. Komisch, denke ich: Hallo Kleiner! Er rührt sich nicht. Ich gehe zu ihm, streichle ihn. Er rührt sich nicht. Da sehe ich in seinem linken Hinterschenkel eine riesige, weit klaffende Wunde. Rohe Muskulatur liegt frei vor meinem Blick. Ich sehe, wie die Muskelstränge verlaufen, sich halb überlagern. So wie man es in manchen Arztpraxen sehen kann, wo auf großen Plakatdarstellungen die Muskulatur des Menschen zur Betrachtung an der Wand hängt.

Malos Stränge selber sind nicht verletzt, kein Blut ist zu sehen, es ist nur keine Haut, kein Fell mehr über einem Teil der Muskulatur des Hinterschenkels.

Ich nehme den kleinen Kerl. Ist er denn im Schock? Er ist so apathisch.

Rein ins Haus. Tragekäfig. Malo hinein. Sprechzeiten der Tierpraxis? Zum Glück passt es gerade.

Ich stelle den Transportkäfig in mein noch mit Koffer und Taschen beladenes Auto.

In zwei Minuten sind wir dort. Müssen aber noch warten. Malo kriecht unter die Decke im Käfig. Will nichts sehen und hören.

Die Ärztin sagt, sie muss das unter Narkose nähen. Natürlich. Die Wunde wird gereinigt, desinfiziert. Malo hält völlig still, noch immer so eigenartig apathisch. Er bekommt ein Mittel gespritzt, die Narkose.

Er wird wieder in den Käfig gelegt, bis die Narkose wirkt, vor allem aber, bis die Ärztin Zeit hat. Die allgemeine Sprechstunde ist gleich zu Ende.

Der Käfig steht nun im Nebenraum, ich bin dabei. Malo will sich aufrichten, torkelt, fängt an zu würgen und zu kotzen. Er verträgt die Narkose nicht gut. Armes Häschen. Ich wische es weg. Als er dann schläft, fahre ich heim. Nach einer Stunde darf ich ihn wieder holen. Die Wunde ist mit sieben Stichen genäht. Die Naht sieht sehr schön und glatt aus. Der Faden wird vom Körper absorbiert werden. Es wird etwa zehn Wochen dauern. Wir hoffen, dass er nicht daran herumnagen wird.

Daheim schläft Malo seinen Rausch im offenen Käfig aus. Er schläft Stunde um Stunde, wacht nicht richtig auf, würgt und kotzt nur ein paar Mal im Halbschlaf. Erst gegen 22 Uhr fängt Malo an, in die Runde zu schauen, das Köpfchen zu heben, sich aufzurappeln.

Ab jetzt geht alles prima. Er hat sich bald ganz gefangen. Die Beinchen knicken nicht mehr ein. Trinken will er nicht, als ich ihm Wasser anbiete. Ich lasse ihn hinaus, als er das möchte, wohl zum Pipimachen. Er kommt gleich zurück.

Das hätten wir also geschafft. Hoffentlich heilt alles gut.

Was noch nachträglich zu bemerken wäre: Von der Tierärztin aus haben wir »Herrchen« anrufen wollen. Es ist ja sein Kater. Aber Herrchen ist nicht zu erreichen. Auf Umwegen erfahre ich, dass Herrchen in Griechenland Urlaub macht. Ein Bekannter kommt zweimal in der Woche und stellt neues Trockenfutter hin. Ob er wenigstens diese zweimal wöchentlich auch frisches Wasser hingestellt hat? In der toten Wohnung? Ach, die Katzen fressen kaum etwas? Genau, sie kommen ja sowieso zu mir, wo es Abwechslung gibt im Futter, und Streicheln und Lachen und Reden und Spielen. Und auch Unfälle, für die aber dann auch jemand da ist und sich kümmert.

Herrchen möge mir meine sarkastischen Worte verzeihen.

21. Juli 2006

Dies hier ist ein großer Sprung, seit dem vorigen Eintrag.

Als ich morgens das Rollo öffne, sind alle drei Katzen schon davor. Rana begrüßt mich mit Katzenworten, Malo hüpft voller Freude über Rana drüber ins Haus. Karli ist, bedächtig, der Dritte. Die goldige Bande.

Heute habe ich endlich wieder einmal das gute Gefühl, die drei gehören zusammen.

Alle haben fein gespeist. Rana danach wieder getrunken, als ob sie ein Kamel in der Wüste wäre und wochenlang damit durchhalten muss.

Ich sitze auf der Terrasse. Rana kommt aus dem Haus. Schärft sich mit Inbrunst die Krallen auf dem dicken Sisal-Türvorleger. Wälzt sich dann glücklich darauf. Ist wohl schön rau. Setzt sich auf die Terrassenstufen, guckt in den Garten.

Karli kommt. Wetzt sich mit Inbrunst die Krallen auf dem Sisal-Türvorleger. Setzt sich auf die Terrassenstufen, guckt in den Garten.

Malo kommt, leckt sich genussvoll den Mund rechts und links – hat wohl so gut geschmeckt –, geht zu Karli, schaut ihn von der Seite an und leckt ihm zärtlich den Hals. Setzt sich daneben.

So sehe ich nun auf drei Katzenrücken. Drei Katzen, die dort in Muße sitzen, entspannt und zufrieden wirken. Alle inzwischen gleich groß.

24. Juli 2006

Wer ist es eigentlich, der die Katzen täglich durchkrault und dabei mit ihnen redet?

Wer ist es, der die Katzen täglich »durchschaut« nach dem üblichen Getier?

Wer schneidet Malo den harten Teer, der mit Steinchen verklebt ist, zwischen den Zehenballen heraus?

Wer kämmt täglich mehrmals ganze Klettennester aus den Fellen?

Wer schneidet ihnen das frisch duftende, klebrige Harz aus den Haaren?

Wer zieht Malo aus seinem Oberschenkel die abgerissene, komplette, hakenförmige Kralle einer anderen Katze, welche (vielleicht) im Kampf, oder im Spiel, in Malos Schenkel stecken geblieben ist?

Wer schneidet Malo Stückchen für Stückchen die harten, verklebten Leimbrocken aus den Härchen seiner zarten Lippe?

All die überraschenden Dinge neben dem täglichen »Allerlei«, neben den Unfällen, neben dem Kranksein.

Wie kann es Menschen geben, welche länger verreisen und sagen: Die Katzen kommen schon alleine zurecht, das Fressen wird ihnen von Nachbarn hingestellt.

Die Katzen wissen außerdem ja gar nicht, was da jetzt plötzlich los ist. Frauchen weg, Herrchen weg, Kinder weg. Kommen sie wieder? Oder nicht? Wer soll's ihnen »wie« sagen? Sie sind bestimmt verwirrt und trauern sicher. Außerdem: Wer lebt denn schon gerne in einer toten Wohnung? Ohne Leben, ohne Licht am Abend. Oder auch ohne Licht am Tage, weil die Rollläden heruntergelassen bleiben. Ohne die geliebte Stimme, die mal »Hallo Mäuschen« sagt und ohne die gewohnte Hand, welche kurz übers Fell streicht.

Es gibt auch Leute, die alleine, ohne Familie, leben, sich Katzen nehmen, aber natürlich tagsüber im Beruf tätig sind. Abends auch öfter fortgehen – klar, ist ja normal. Aber warum halten sie sich Katzen? Und sie wundern sich, wenn die Katze abwandert, sich ein anderes Zuhause sucht, wo sie wirklich »zu Hause« ist. Und dann nehmen sie sich gleich zwei Katzen, im guten Glauben, dass die sich nun gegenseitig genug sind. Das ist aber nicht so. Jede Katze führt hauptsächlich ihr eigenes Leben. Jede ist wieder alleine und kommt nur noch wie ein Automat zum Fressen, wenn nicht ein »Familientreffpunkt«, der Treffpunkt »ein Mensch, der sich kümmert«, sie zusammenhält.

Natürlich möchten die Menschen verreisen …
Das Problem mit Katzen und Verreisen ist gravierend, ich weiß. Das ändert aber nichts an der Tatsache.

So innig und von Herzen ich diese Katzen liebe – sie haben mein ganzes Leben verändert, blockiert. Ich bin mit dieser Seite sehr unglücklich. Es sind zwei verschiedene Stiefel, die Liebe und die Blockade. Es hat keinen Sinn, sie gegeneinander abzuwägen. Sie haben an sich nichts miteinander zu tun. Sie finden nur gleichzeitig statt. Hier liegt der Knackpunkt. Aus jeder Seite resultieren Dinge, Umstände, welche ihre eigene Geschichte einbringen, die ein Eigenleben haben. Und diese Eigenleben passen nicht unbedingt zusammen.

Jedenfalls muss man sich beim »Verreisen« vorher etwas dazu überlegen – und die beste »katzenwürdige« Möglichkeit organisieren.

Ende Juli 2006

So heiß zieht der Sommer dieses Jahr durch das Land. So viele Wochen schon leiden wir Menschen unter der Hitze und die Tiere auch. Es hat natürlich viele schöne Seiten – für Menschen und Tiere – und eigentlich will ich sagen: Endlich ist so richtig Sommer!

Die Katzen genießen es und kommen nur noch wenig ins Haus. Zum Essen natürlich, zum Betteln nach Leckerli. Vor allem Rana, die sich sowieso nur von Trockenfutter ernährt. Ich wundere mich. So oft schon habe ich ihr Frischfleisch von den anderen beiden angeboten, es duftet doch so gut. Oder ein Bröckchen Wurst, Käse, Fisch, roh oder gedünstet ... Rana nimmt nichts. Nur Trockenfutter. Knack. Knack. Was wird sie essen, wenn sie und ihr Gebiss alt geworden sind? Es gibt ja auch Senior-Trockennahrung, vielleicht ist die weicher als die jetzige.

Rana ist sehr zutraulich und vertrauensvoll geworden. Sie braucht täglich Streicheleinheiten. Ist total verschmust. Das ahnte man anfangs gar nicht. Damals kam und ging sie meistens, motzte ein paar Mal, fertig. Jetzt kommt sie, legt sich auf den Rücken und wälzt sich wohlig. Sagt »Raa« und macht die weiße Kehle lang. Da möchte sie gestreichelt werden. Und am Bauch und überall. Fast täglich entferne ich ihr Klettennester aus dem Fell am Rücken und am Schwanz. Immer exakt an der gleichen Stelle. Das heißt, sie liegt immer gleich, auf einem Schlafplätzchen im Freien, unter irgendwelchen Büschen, inmitten von Kletten. Dort scheinen auch Karli und Malo manchmal zu lagern, denn sie kommen oft genau an den gleichen Stellen so verklettet heim.

Übrigens hat Malo ein neues Körbchen bekommen. Es ist beige-hellbraun, viereckig, flauschig und größer als sein altes. Malo legt sich gerne ganz lang gestreckt hin. Er liebt das. Die Beine auch noch weit ausgedehnt. Das kann er in diesem Körb-

chen. Oder er kuschelt sich kreuz oder quer oder nur in eine Ecke. Er liebt sein neues Bett. Es steht im Wohnzimmer neben dem Sofa. Er liegt auch darinnen, wenn man im Wohnzimmer sitzt oder die Enkel am Nachmittag fernsehen. Er ist »dabei«. Malo ist unglaublich anhänglich. Braucht viele Streicheleinheiten und nicht nur mal so schnell. Er braucht »Reden mit ihm«. Und er redet auch ganz viel und sehr eindringlich, bzw. gibt es hier das Wort »ausdrücklich«? Manchmal ist es ihm langweilig, dann piepst er, so wie damals als noch kleines Kätzchen. Wenn er Hunger hat, rollt er ein energisches, langes, lautes »Rrrrrr«. Kommt er morgens, um mich zu wecken, dann streift er herum wie ein Tiger und sagt mehrmals kurze »Mrr«, »Mrr«. Oder er gurgelt laut mit einem anschließenden »Mrau«, wenn er hereinkommt und auf sich aufmerksam machen will.
Ich schlafe nun nicht mehr den gesunden Tiefschlaf, sondern mein halbes Ohr befindet sich außerhalb des geöffneten Schlafzimmerfensters, von wo leider des Nachts oft mal Tierschreie kommen. Dann kann es sein, dass ich nachts um zwei Uhr einen Bademantel überwerfe, mit Alarmlicht und Taschenlampe im Garten herumgehe, ganz sicher auch eine bis drei Katzen antreffe, welche aber zum Glück heil und gesund sind, und die sich überaus freuen, mich um diese Zeit anzutreffen. Ich komme mir dann ein bisschen wie eine Idiotin vor, gehe aber beruhigt zurück ins Bett, allwo ich sofort wieder einschlafe.
Wäre es interessant, zu wissen, was Katzen in diesen schönen, warmen Sommernächten so treiben, die wir seit Wochen haben? Es muss doch herrlich für sie sein.

Gestern Abend rettete ich ein Mäusekind aus Ranas Zähnen. Ich hielt einen Casher vom Weiher unter ihr Maul, drückte ein bisschen rechts und links auf die Lefzen, sie machte den Mund auf, das Mäuschen fiel in das Netz, ich brachte es an den

Gartenrand bei der Schlucht und entließ es dort in die Freiheit. Hoffentlich erlitt es nicht nachträglich einen Herzschlag.

Nun möchte ich auf Karli zu sprechen kommen. Ganz plötzlich ist es wieder schlimmer mit ihm geworden. Was nur mag dem armen Kerlchen irgendwo, irgendwann zugestoßen sein, dass er so verstört geworden ist! Es ist ja nicht mehr bloß das Problem mit Malo. Es ist ja viel mehr. Dieser arme Kater ist fast nur noch panisch in Angst. Da denke ich, er wird wieder vertrauter, zutraulicher, gewöhnt sich wieder daran, mehr hier zu sein. Schmust wieder. Und dann macht man während des Streichelns mit der Schuhsohle ein Rutschgeräusch und er springt einem unter der Hand in Panik davon, aus dem Haus, und weg. Oder man rutscht mit dem Stuhl oder man sagt ein Wort, während er frisst – weg ist er. Sein Köpfchen fliegt sowieso bei jedem und keinem Grund schreckhaft hin und her, und ich muss ihm dauernd beruhigende Worte sagen, denen er aber kein bisschen glaubt.
Heute Morgen war ein Handwerker hier. Er hatte noch gar nicht angefangen, irgendetwas zu machen, war nur gerade erst bei der Haustüre angekommen, als Karli von der anderen Seite durch die Katzenklappe (endlich mal wieder) nach Hause kam. Welch ein dummes zeitliches Zusammentreffen. Ich wusste sofort, dass es schiefgeht. Panikaugen und weg.

Anfang August 2006

Episoden

Mit meiner Terrasse sind die Katzen im Moment nicht zufrieden. Die Terrasse soll neu verlegt werden. Die Terrassenmöbel sind alle schon weggeräumt. Keine Pflanztröge. Alles kahl. Kein großer Tisch, unter dem man bei Regen sitzen kann und schauen. Oder sogar von oben, von der Tischplatte nach unten, Fangen und Rumhüpfen spielen. Oder auf den Stühlen ein kleines Schläfchen machen.
Alles kahl jetzt.
Was werden sie erst sagen, wenn die Handwerker kommen und die alten Platten herausnehmen und zuerst mal nur Sand da sein wird. Und der Krach.
Später, wenn alles fertig ist und wieder die Möbel und Blumen dastehen, werden sie es lieben. Katzen lieben Veränderungen, wenn sie nicht zu heftig sind, sind total neugierig, wollen Neues in Besitz nehmen, es zu »ihrem« machen. Am liebsten sind sie mittendrin dabei, entscheiden sich aber, wenn fremde Leute arbeiten, ihrer Ängstlichkeit nachzugeben und lieber von Weitem kritisch zuzusehen.

Malos Lieblingsschlafplatz ist immer noch im roten Bad. Erst auf dem geheizten Boden, auf den ich ihm eine Decke lege, dann auf dem breiten Wannenrand auf einem Pulli. Als ich ihm dort nach langer Zeit ein Kissen hinlege, interessieren ihn Wanne und Kissen nicht mehr. Malos Schlafplätze wechseln. Überhaupt sind die Katzen jetzt viel weg, draußen. Aber der kleine treue Malo schaut dauernd bei mir vorbei.

Ich entdecke eine schwarze Zecke, die sich in den langen Fransen des Flokati-Teppichs in meinem Bad abmüht. Sie hat nun ausgelitten. Ist tot und im Waschbecken hinuntergespült.

Malo frisst Pellkartoffeln geschält – pur – ohne Beilage.
Malo beißt vom Käse-Butterbrot ab, wie ein Mensch.

Malo hat ja einen tollen Trick erfunden. Nämlich sich auf seinen Kampfgegner draufzusetzen. Und zwar breit und dick. Wenn ich sehe, dass er neben Karli eine langsame Halbdrehung macht, sein Po in die Breite geht und er im Zeitlupentempo, mit Seitenblick, zielt, dann weiß ich, gleich setzt er sich auf ihn. Dann sitzt dieser Malo voll auf dem liegenden Gegner, in seinem Fall immer Karli, der mit dieser Wendung nicht gerechnet hat, jedes Mal wieder völlig erstaunt darüber ist und nahezu bewegungsunfähig.
Diese Kampfmethode ist sehr schlau und neu für mich. Vielleicht rettet sie ihn irgendwann einmal bei einem bösen, fremden Gegner.
Wenn ihm der Dreh dann rechtzeitig einfällt.

7. August 2006

Hallo, mein seidiger Schöner!
Hallo, mein Löwenkind!
Heute vertragen sich Karli und Malo mal wieder, als ob sie unzertrennliche Freunde wären für immer und seit immer. Sie kommen im Gleichschritt eng nebeneinander zur Terrassentür herein, geben sich Bussi, der eine wartet, bis der andere kurz etwas gefressen hat, sie rasen zur Terrassentüre hinaus, im Riesengalopp quer über die Wiese und wieder zurück, mal der eine voraus, mal der andere. Sie kommen im Einvernehmen wieder hereinmarschiert, gehen miteinander in dieses Zimmer, in jenes Zimmer, liegen nebeneinander, stehen auf, laufen herum und – plötzlich, aus heiterem Himmel – dies:
Malo schneidet Karli den Weg ab, drückt ihn an die Wand, ist Erster, dort, wohin sie schlenderten. Und nun ist Karli wieder sauer. Und sie balgen auf dem Boden und es ertönen spitze Schreie. Ich sage beruhigende Worte, lache ein wenig dabei, das entspannt und beruhigt die Katzen. Sie bleiben zwar in Rangelstellung liegen, sie legen beide die Ohren nach hinten, Karli stellt demonstrativ eine Pfote auf Malo, was heißt: Ich bin im Moment der Zwischensieger. Sobald ich weggehe, ja, nur wegschaue, rangeln sie weiter.
Malo legt dann auch mal das patschige, fellige Pfötchen auf Karlis Rücken oder Bauch oder Schenkel, aber Karli registriert das sofort. Beim nächsten Stellungswechsel, bei der nächsten Bewegung liegt seine schlanke Pfote wieder auf Malos Bauch. So sitzt Karli da, hebt seinen edlen kleinen Kopf stolz. Dieses Bild ist dasjenige des »Königs der Löwen« in Siegerpose auf dem Felsen. So wunderschön und edel. Ein Genuss, es zu betrachten.
Bald sind sie wieder draußen im Garten. Spielen, laufen – wohin auch immer.
Nach tagelangem Regen hat es endlich etwas aufgehellt. Bei

schlechtem Wetter sitzen sie dauernd da und piepsen mich in Langeweile an. Ich habe dann ein schlechtes Gewissen, als ob ich für das Wetter verantwortlich wäre. Gebe ihnen als Ausgleich ein Leckerli, was ich nicht tun sollte, denn Malo ist an der Grenze des zulässigen Bäuchleins. Bei Karli bin ich voller Glück, wenn er nur irgendetwas Essbares zu sich nimmt. Das heißt, bei Mäusefressen wäre ich nicht so glücklich. Daher bekommt er immer seine Verwurmung. Gerade vor vier Tagen bekam er die 3-Monats-Wurmspritze. Dann heißt es, zwei bis drei Tage warten und schon frisst er wieder mit Freude und Genuss. (Ich Optimist.)
Malos Narbe am Schenkel heilt wunderschön. Malo hat nicht daran herumgeschleckt oder gebissen. Die starrigen schwarzen Fäden »sitzen« noch. Da wächst schon wieder Fell nach. Es wurde damals ein breiter Streifen rasiert.

11. August 2006

Heute Mittag fahre ich mit dem großen Kranlastwagen mit in das Platten- und Gartencenter, allwo der Kran einige Paletten mit Terrassenplatten auf den Lastwagen hieven muss und wir das alles dann zu mir nach Hause bringen.

Ich wollte unbedingt dabei sein, wenn die neuen Platten geladen werden. Möchte sicher sein, dass mir immer noch gefällt, was ich da vor längerer Zeit ausgesucht hatte. Der Beginn des Baus hatte sich dauernd weiter hinausgeschoben. Ich freue mich. Sie sind o.k.

Der Kran hebt die bestimmte Anzahl Paletten, mit je einem eng geschichteten Block Terrassenplatten auf jeder Palette, auf den Wagen, und wir fahren mit der Ladung wieder den langen Weg retour.

Daheim. Wir suchen den besten Lagerplatz, die Wiese. Der Laster stabilisiert seine vier Ecken mit Stützen, und der Kran lädt die Paletten langsam über die Mauer bei der Garageneinfahrt hinüber auf die Wiese. Das klappt gut. Diese Paletten haben ein enormes Gewicht, aber nichts reißt oder stürzt ab.

Von den Katzen ist nur Rana dabei. Ich muss sie halten. Später turnt sie auf den Quadern herum, die da neu im Garten stehen. Und sie hat dauernd etwas zu erzählen.

Dann ist der große Laster wieder fort. Nach dieser Aktion kommt Rana mit ins Haus und hat auch jetzt eindringlich etwas zu sagen, und zwar: Hunger. Hunger. Hunger. Bettel. Bettel. Bettel. Sie wird dabei ganz fiebrig, bis sie ihre Leckerlistange bekommen hat.

Malo kommt dazu und isst das erste Mal bei mir ein rohes Eigelb.

Dann setzen wir uns auf das Terrassenmäuerchen, Malo auf meinen Schoß. Rana steigt erst noch herum. Sie vermisst den Terrassentisch, der im Moment ja auch fehlt, den ich vor drei Wochen neu bekommen habe. Granit, poliert, anthrazit, me-

liert, 180 x 120 cm. Schön groß, ja. Seit dieser Tisch da ist, liebt ihn Rana. Und zwar sind da jedes Mal, nachdem es geregnet hat, große Wasserlachen auf der Platte. Diese schlabbert Rana auf, als Getränk, bis sie ihren Durst gelöscht hat. Ist ja Stein. Ist ja sauber. Kann also nicht schaden.
Wo steckt Karli heute? Morgens hat er schon prima sein Schälchen mit Fleischgericht ganz leer gegessen. Neuerdings geht es ihm seelisch sehr gut. Dann frisst er auch gut. Ich kümmere mich sehr um ihn. Also außergewöhnlich viel. Aber das ist es. Er braucht das. Er braucht neben »Konkurrent Malo« die Anerkennung, das Kümmern.

12. August 2006

Krank.

War es Malo, der in der Garderobe, unter den Mänteln den Vogel zerlegt hat und ihn bis auf Kopf, Flügel und eine Menge Federn gefressen hat?

Liegt der Vogel ihm jetzt im Magen und macht dort zu schaffen? Oder noch eher der unbekömmliche Mageninhalt des Vogels. Wer weiß, welche katzengiftigen Beeren er sich gerade einverleibt hatte.

Es kam so:

Ich stand morgens auf. Malo lag im Körbchen im Schlafzimmer wie neuerdings täglich, wenn ich aufwache. Ich streichelte ihn, aber er blieb liegen. Ich wunderte mich schon. Sonst kommt er schnurrend mit ins Bad getapst.

Also, ich hatte einen Friseurtermin, gab in Malos Schälchen sein Morgenfressen, versorgte Karli, der im Wintergarten lag, mit Streicheleinheiten und Futter und fuhr los.

Nach dem Friseur noch zum Einkaufen für erwartete Familie und Gäste – und fuhr heim.

14 Uhr. Malos Schälchen unberührt. Ich gehe hinauf. Da liegt Malo immer noch und hat Koliken. Magen-Darm wohl. Sofort rufe ich die Tierärztin an.

Dort: Malo bekommt etwas Homöopathisches, Entzündungshemmendes mit entkrampfendem Mittel gespritzt. Sein Bauch ist ganz hart. Man darf ihn nicht hochnehmen, er schreit vor Schmerz. Ich bekomme noch eine kleine gefüllte Plastikspritze mit nach Hause, eine Flüssigkeit, welche ich ihm in den Mund geben kann, wenn die Schmerzen es erfordern.

Wieder daheim: Ich habe Malo aus seinem Transportkäfig herausgelassen. Er schleppt sein Hinterteil in Schmerzen, kann kaum gehen. Weint, quietscht. Am meisten weint er, als ich ihn vorsichtig aufnehme, um ihn die Treppe hoch, ins Schlafzimmer zu tragen.

Zwei meiner Enkel sind gerade da, machen ganz betretene Gesichter, nehmen ihre Räder und fahren schleunigst heim, als sie meine Panik und das Elend von Malo sehen und seine Schmerzschreie hören.
Nun verbringe ich Stunden mit Malo im Schlafzimmer. Sein Katzenklo habe ich mit hinaufgenommen. Er liegt wieder in seinem Körbchen, zuckt, wenn die Schmerzwelle kommt, wirft das Köpfchen hoch, macht das Schnäuzchen auf und zu, presst sich an die Wand.
Ich rufe die Tierärztin an. Soll ihm das Reserve-Serum ins Mäulchen eingeben. Das tue ich. Es schmeckt ihm lecker. Und nach kurzer Zeit wirkt es auch.
Malo ist ruhiger. Liegt da und will mich unbedingt bei sich haben. Fängt auch an zu schnurren. Ein bisschen. Mag mein vorsichtiges Streicheln, meine Worte, holt mit seinem Pfötchen immer wieder meine Hand zu sich, möchte, dass meine Hand bei ihm liegt, auch ruhig, wenn sie nicht streichelt. Er ist so hilflos und klein in seiner Not.
Es wird leichter. Ich lege mich auf mein Bett, weil ich meinen Rücken ausspannen muss. Ich kann nicht noch mehr Stunden am Körbchen knien ohne Pause. Über einige Meter weit höre ich Malos gurgelnde und quietschende Darmgeräusche. Es hört sich an, als ob der Vogel (wenn's die Ursache war) noch lebend im Oberbauch sitzt und in Not fiept – und Malos Gedärm dagegen grollt und sich wehrt. Richtig unheimlich. Und es dauert noch Stunden, das Gegrummel und Gequietsche.
Malos Kolikwellen sind vorbei. Er entspannt, legt sich auf den Rücken und lässt mich zart seinen Bauch ausstreichen. Oft, oft. Lange machen wir das. Es tut ihm gut. Immer wieder holt er sich meine Hand. Zeigt, dass ich weitermachen soll.
20 Uhr abends. Malo versteht es, als ich ihm das Katzenklo zeige. Ganz langsam steigt er, Fuß für Fuß, hinein. Scharrt sich ein tiefes Loch durch die Streu, bis zum Plastikboden und setzt

sich. So lange (oder vorsichtig?) sitzt er, dass ich gar nicht weiß, was nun los ist. Als er endlich, langsam, aufsteht, sehe ich, er hat unendlich viel Urin herausgelassen. Mein Gott, muss seine kleine Blase voll gewesen sein.
Noch eine weitere halbe Stunde Ruhe und Malo steht auf, schnurrt, kann sich gar nicht beruhigen, mich zu umschmusen. Zeigt, er ist wieder o.k. Will dann zur Tür hinaus. Ich beobachte, ob er wirklich wieder so fit ist, so plötzlich. Es scheint so. Es klappt auch die Treppe hinunter, die vielen Holzstufen, er geht sofort zu den Fressschälchen. Ich sage »Hoppla, das ist zu schnell«, stelle alle Trockenfutterschälchen weg, auch Karlis und Ranas, gebe Malo eine sehr winzige Portion Nassfutter, von der er auch nur ein paar Bröckchen nimmt. Malo spielt die Rolle von »ich bin total gesund«. Ich lasse ihn in den Garten, weil er unbedingt möchte, und weg marschiert er.
Es bleibt gut, alles Übel ist vorbei.

Übrigens, die Tierärztin sagte mir, Malos Herrchen hatte die Arztrechnung sofort gezahlt, damals, als Malo vor fünf Wochen plötzlich mit diesem Riesenloch im Schenkel dasaß, ich ihn sofort zur Ärztin gebracht hatte, er mit sieben Stichen genäht worden war, die Ärztin und auch ich ihm auf Band gesprochen hatten, alles erklärt hatten – Herrchen zu der Zeit gerade auf Griechenlandurlaub gewesen ist –, aber angerufen und sich erkundigt hat er sich nie. Das große Schweigen. Komisch? Ja. Finde ich.

Nun werde ich in nächster Zeit mal wieder anrufen und fragen müssen, ob Malo und Rana entwurmt worden sind. Die dreimonatliche Eingabe als Tablette oder Spritze. Denn Mäuse und Vögel scheinen sie alle zu fangen und zu fressen, woher dann der Wurmbefall rührt, der sie krank macht.

14. August 2006

Ich höre ein Riesengebell im Vorgarten. Ahne schon, dass es um eine der Katzen gehen muss. Terrassentüre schnell geöffnet, damit, falls ein Fluchtweg nötig ist, die Katze von dieser Seite hereinflüchten kann. Eine fast automatische Handlung.
Haustüre. Ein großer, weißer, schöner Hund mit schleifender roter Leine fiebert durch den Vorgarten. Er bellt in die Tanne. Wahrscheinlich sitzt jetzt da oben drinnen eine Katze. Keine Zeit, nachzusehen. Sie scheint ja da oben sicher zu sein.
Der Hund lässt sich zum Gartentor bringen. Er ist nett und zutraulich, sich keiner Schuld bewusst. Freut sich über mein Reden. Da steht schon sein Frauchen, eine ältere Dame. Sagt, sie lässt ihn immer sofort samt seiner Leine los, wenn er eine Katze entdeckt. Er zieht dann immer so ruckartig, dass sie ihn nicht halten kann. Ich lächele freundlich und habe noch kein einziges Wort gesagt, als sie bemerkt: »Jeder Tierbesitzer denkt ja nur an sein eigenes Tier.« Ich überlege noch, wie man ein solch eigenartig begonnenes Gespräch nun weiterführen soll, entscheide, dass es gar keinen Sinn hat, sage ein paar allgemeine nette Worte.
Ich muss aber einräumen, dass es stimmt, was sie sagte. Und ich denke mir: leider. Sollte nicht immer demjenigen Tier geholfen werden, welches sich gerade in der Defensive befindet? (Es war natürlich Malo in der Tanne.)

20. August 2006

Rana motzt heute Morgen besonders viel. Wenn man nur wüsste, was sie sagt. Vielleicht hat sie etwas sehr Wichtiges zu erzählen und ich verstehe sie leider nicht.

Ich lache und nehme sie auf den Arm, rede mit ihr und knubbel sie im Fell.

Aber sie schnurrt heute nicht. Ich setze sie ab. Dies spielt sich »im Türrahmen« Esszimmer/Terrasse ab.

Rana schärft genüsslich ihre Krallen an dem dicken Sisal-Fußabstreifer. Das darf sie und soll sie sogar, damit sie meine Teppiche im Haus in Ruhe lässt.

Da kommt Malo an, der gerade in der Küche gefrühstückt hat und sich noch das Schnäuzchen leckt.

Er geht zügig auf die Terrasse hinaus. Aber er geht an Rana, die sich inzwischen hingelegt hat, nicht an der Stelle vorbei, wo genug Platz ist – nein, er muss zwischen Rana und dem Türstock durchgehen, dort, wo es eng ist. Rana motzt ihn an und er erntet einen Tatzenhieb von ihr.

Malo ist ein Schlingel, er muss die anderen immer schnell mal ärgern.

Karli ist ja auch deswegen sauer auf ihn. Immer diese plötzlichen kleinen Frechheiten. Mal durchzwängen, mal kurz anspringen, mal ein Tatzenschlag, mal ein Rempler von hinten, dann, wenn der andere gerade gemütlich dasitzt und sich putzt oder vor sich hin sinniert. Das macht Malo – und dann geht er weiter, als ob das nicht er gewesen wäre, sondern der Katzenkobold aus dem Märchen.

Das Märchen

Katzenkobolde sind den Kobolden, welche die Menschen kennen, ähnlich. Nur wenige Menschen können von Kobolden erzählen, die sie gesehen haben.

Doch es gibt so ein Ahnen. Manchmal fühlt es sich an, als ob ein Kobold da gewesen wäre. Irgendetwas ist verändert, ist nicht so, wie es vorher war.
Plötzlich findet man etwas, das so lange schon als verlegt galt oder als abhandengekommen. Man denkt schon gar nicht mehr daran. Plötzlich liegt es vor der Nase. Haben sie uns einen Streich gespielt? Erst versteckt, dann wieder hingelegt? War da nicht gerade ein Schatten, eine kurze Bewegung im Augenwinkel? Doch sie helfen auch in größter Not.
So ist das auch mit den Katzenkobolden.
Sie sind etwas kleiner als Menschenkobolde. Sie haben einen wuscheligen Katzenkopf, freche, lustige Äuglein, man glaubt fast, dass sie lachen. Und sie haben diese süßen, felligen vier Beinchen mit den tollpatschig aussehenden Pfötchen, wie sie Katzenkinder noch haben, bevor sie ausgewachsen sind. Mit den Pfötchen sind sie sehr geschickt, vor allem mit den Vorderpfötchen.
Die Katzen können sie ja nicht sehen. Nur wenn es sehr, sehr wichtig ist, dann kann es, mit viel Energieeinsatz, vorkommen, dass es den Katzenkobolden gelingt, sich den Katzen zu zeigen.
Oder aus Versehen, wenn sie Regeln nicht beachtet haben, die für ihr Katzenkoboldleben lebenswichtig sind.
Katzenkobolde leben am liebsten in der Nähe von Katzenplätzen. Oder sie suchen sich schöne, ruhige, geschützte Plätze aus. Die Menschenkobolde wählen eher Orte, bei denen sie gute Arbeitsmöglichkeiten vorfinden. Im Erdreich, in Wiesen und Wäldern, an Berghängen, seltener am Wasser, aber oft in Gärten von Menschen, denn sie helfen ja den Menschen auch, ohne dass diese es bemerken. Sie möchten manchmal den Menschen nahe sein, ohne sich aber zu zeigen.
Ähnlich ist es mit den Katzenkobolden. Sie sind gerne in Katzengegenden, zeigen sich ihnen aber nicht. Katzenkobolde ar-

beiten nicht viel. Sie wollen vor allem spielen und glücklich sein.

Hie und da rascheln sie neben den Katzen herum – und die Katzen glauben, sie hätten vielleicht etwas fallen gehört. Werfen erschreckt ihr Köpfchen herum, hören, schauen – aber da ist nichts.

Man merkt richtig, wie sie sich wundern. Da war doch wirklich ein Geräusch. Ihre Sinne sind doch so gut geschärft. Es gibt Regeln. Wo etwas fällt, da muss dann auch etwas liegen. Wo ein Geräusch ist, da muss dieses Geräusch von etwas ausgelöst worden sein. Punktum.

Katzenkobolde machen aber auch sehr oft dort ein Geräusch, wo eine Gefahr droht, damit die Katzen sich umdrehen, schauen und dadurch die leise nahende Gefahr noch rechtzeitig entdecken. Katzenkobolde helfen auch verletzten Katzen, sich zum Beispiel an den Straßenrand zu schleppen, damit sie von Menschen gefunden werden und gerettet und versorgt werden können.

Bei Katzenbabys ist es so, dass sie die kleinen Katzenkoboldkinder sehen können. Bis zu einem gewissen Alter. Nicht sehr lange. Aber als ganz Kleine sehen sie die Katzenkoboldkinder und vor allem, sie erfühlen sie. Wenn ihre eigene Katzenmutter mal weggehen muss, zum Fressen, zum Pipimachen, zum Verschnaufen, dann kuscheln die Katzenkinder mit den Katzenkoboldkindern wie mit Püppchen. Fell an Fell, weich, vertraut. Werden die Katzenkinder größer, fangen schon an, die Umwelt zu entdecken, dann verlieren sie langsam die Gabe, die Katzenkoboldkinder zu sehen.

Doch tief drinnen, auf einer bestimmten anderen Bewusstseinsebene, behalten sie das Wissen darum. Und auch eine unbewusste, zärtliche Liebe zu ihnen bleibt erhalten. Ein gewisses Sehnen, das sie nie verlieren werden. Ein Sehnen nach Glück, Sicherheit, Vertrauen, Geborgenheit. Und manchmal

wird dieses Gefühl kommen und ganz mächtig sein. Und sie wissen nicht wonach und wohin. Sie werden traurig sein und sie wissen nicht warum.
Irgendwann wird dieses Sehnen übergehen in den Wunsch nach einem Partner. Da wird sich der Kater sehnen nach einer Kätzin und die Kätzin sich sehnen nach einem Kater. Aber tief drinnen werden sie trotzdem noch wissen, dass es da ein anderes, subtileres Sehnen gibt. Nach der Kindheit. Nach etwas Unbekanntem, Zartem, Nichtgreifbarem, das da einmal war und nun vergessen worden ist.

Episoden

Ich sitze auf der Treppe mitten in der Wohnung und ich genieße die wilde Jagd, die endlich mal wieder durch die Räume tobt. Um mich herum. Mit solch einem Spaß. Zwei Freunde spielen.

Die Katzen verstehen meine Sprache inzwischen gut. Das liegt natürlich an der immer gleichen Betonung und der immer gleichen Wortwahl für die Dinge. Aber eben gelernt und somit verstanden.

Ein »Nein« in verschiedenen Tonlagen bedeutet »Nein«, in verschiedener Wichtigkeit.

»Fein«, »gut«, »brav«, das ist großes Lob.

»Komm, kriegst was Feines«, das ist die Aufforderung, in die Küche zu kommen, allwo ich die Schälchen fülle. »Sooo« heißt dann, hier ist es, und ich streiche ihnen einmal beruhigend über den Rücken, während ich das Schälchen in den Ring stelle.

»Zecken. Mal schauen. Leg dich schön hin. So, jetzt ist's fertig.« Mit diesen Bemerkungen wissen sie genau, was nacheinander auf sie zukommt, und sie halten still.

»Schläfchen-Machen« wollen sie jetzt, oder wollen es nicht. Vielleicht habe ich sie gerade dabei gestört.

»Mach hopp!« mit der Geste der Hand auf den Stuhl hin.

»Komm, gehen wir rauf. Komm, gehen wir runter.« – »Hallo!« – »Schätzchen!« – »Mäuschen!« Und ihre Namen verstehen sie alle. Auch Rana, die aber diese vorangegangenen Wortwendungen eher nur nach dem Tonfall bewertet, denn sie ist zu selten hier. Dafür redet sie am meisten von den dreien. Mit Schimpfen, Betteln, Motzen, Begrüßen.

Rana sagt eigentlich immer »Raaa«. In unterschiedlichen Längen und in unterschiedlicher Dringlichkeit. In verschiedenen

Tonlagen drückt Rana all ihre Anliegen aus und setzt sie endlich auch damit durch. Sie sagt ihr »Raaa« meist in unfreundlichem Ton, dann, wenn sie fordernd bettelt. Aber hinterher bedankt sie sich total nett.

Sie sagt »Raaa«, wenn sie kommt, und sie verabschiedet sich mit »Raaa«. Und zwischendurch erzählt sie ganz viele »Raaa«-Geschichten.

Rana ist verschmust und verspielt, neugierig und vertrauensvoll.

Rana liebt es, beim Staubsaugen zuzuschauen, ja, mitzumachen. Da spielt sie mit der Schnur, da läuft sie mit dem weitergezogenen Staubsauger mit.

Beim Staubwischen, da versucht sie das Staubtuch wegzuangeln.

Beim Aufräumen, da liegt sie mitten auf den Sachen.

Sie kriecht voller Freude unter Teppiche, zieht sich mit den Krallen die Teppichkanten entlang, rollt die Teppichecken hoch.

Warum nur fressen alle drei Katzen so gerne Mücken, Fliegen, Spinnen!

Wo sie irgendetwas entdecken, das sich bewegt und wie ein Krabbeltier aussieht, wird es gejagt, gefressen.

Bei den Spinnen liegen dann ein paar zurückgelassene Beine da. Die Vorstellung des Spinnenfangens ekelt mich am meisten. Diese fetten, saftigen Leiber. Igitt! Im Maul meiner sauberen, seidigen Katze!

Die Fliegen und Mücken fangen sie vor allem an den Fensterscheiben. Da machen sie sich ganz lang an der Scheibe hinauf, und jagen sie erst noch ein bisserl mit der abgebogenen Pfote herum.

Manchmal stört das Fliegengebrumme an der Fensterscheibe die Katze beim Schlafen. Dann steht sie extra vom Bettchen auf, »entfernt« sie kurzerhand und legt sich wieder hin.

Im Spiegel sehe ich nur einen Ausschnitt:
Ein hochgestreckter roter Schwanzbuschen nähert sich. Tapp, tapp!

20. August 2006

»Hallo, Rana!« – Kommt sie, um mich zu besuchen?
Rana schnurrt, wälzt sich, hat so viel zu erzählen.
Könnte sie mir doch sagen, wohin Karli mal wieder verschwunden ist!
Seit zwei Tagen. Wird er wieder völlig abgemagert irgendwann auftauchen?
Ich hatte ihn so schön aufgepäppelt. Er war wieder stattlich geworden, mit Fleisch auf den Knochen. Und mit Liebe im Herzen und Zutraulichkeit im Seelchen.
Muss ich wieder von vorne beginnen? Haut der Nahrungsmangel wieder seine Abwehrkräfte herunter? Wird er wieder krank werden? Wo steckt dieses Tier bloß?

Hallo, was sehe ich – Karli sitzt vor der Terrassentür!
Er ist zurück.
Nur mit harzverklebtem Schwanz.
Mama hat es rausgeschnitten.
Mama wird schon immer alles richten.
Karli schnurrt.

22. August 2006

Heute habe ich bei »Herrchen« um Malos Hand/Pfote angehalten. Ob ich ihn ganz bekomme?

Mit Papieren, die er mir vielleicht wieder in den Briefkasten steckt, so wie damals bei Karli?

Denn Herrchen sagte, Malo kommt schon seit Langem nicht mehr zu ihm heim. Na ja. So ist es. Katzen machen, was sie wollen.

Herrchen äußerte sich weder mit Ja noch mit Nein. Ich glaube, es hat nicht geklappt.

Der Grund meines Anrufs war der, dass mir Malo seit einiger Zeit nicht mehr gefällt. Er frisst freudlos und sein Flauschfell wird stumpf, ist nicht mehr glatt. Also wollte ich wissen, wie es mit der Entwurmung steht. Herrchen sagte, er hätte da schon lange nichts mehr getan.

Entweder hätte er keine Zeit oder Malo sei nicht da.

Ich fragte, ob ich ihn zur Tierärztin bringen darf, für eine Wurmspritze und Geziefer. Ich darf, und auch Rana. Habe es am selben Tag erledigt. Gegen Würmer, gegen Flöhe und Zecken.

Ich erfuhr, dass es verschiedene Flohsorten gibt. Also »meine« drei Katzen haben sicher Igelflöhe. Hier krauchen so viele Igel herum und an denselben Stellen sind ja auch die Katzen.

Nachts kommen die Igel auf ihrer Nahrungssuche direkt ans Haus. Schon seit Jahrzehnten habe ich oft um das Haus herum die Igelwürstchen liegen, wenn ich in der Früh die Rollläden öffne. Mit Vorliebe auf den verschiedenen Fußabstreifern. Sehr appetitlich.

Vor einigen Jahren hatten wir in einem Sommer zweimal eine Fehlgeburt oder einen »Abgang« morgens auf dem Fußabstreifer vor der Haustüre gefunden. So mit allem Zubehör.

Wir dachten damals, der Größe nach, von einem Igel. Oder doch von einer Katze? Das Zeug war sehr klein, aber es kommt auch auf das Stadium an. Und alle Tage sieht man ja so etwas nicht.

28. August 2006

Halb elf Uhr abends. Ich putze und fülle für die Nacht alle Fressenstöpfe und Wasserschüsseln. In der Garage: Rana frisst gerade schon wieder vom frischen Essen. Ich schaue ihr zu und bin froh, dass ich in die Garagenschälchen meistens eine Sorte Diät-Bröckchen einfülle, denn Rana hat unglaubliches Übergewicht, die Süße. Wenn sie drinnen frisst, kann ich nichts ändern, dort gibt es nur Normalfressen. Ich bin ja froh um jedes Gramm, das Karli zulegt. Den Garagenessplatz kann ich nicht aufgeben, da ich sicher weiß, dass nachts mindestens zwei fremde Katzen hier essen. Moritz vom Nachbarn und der Riesen-Schwarz-Weiße, der im Bügelzimmer saß und mich anfauchte wie ein wilder Tiger, damals, mitten in der Nacht. Da bin ich froh, wenn sie nur bis in die Garage kommen.

Ende der Überlegungen. Da stehe ich und schaue noch herum, ob auch der Katzeneinschlupf sauber ist, das Trittkistchen ohne Steine oder Schmutz und auch nicht verrutscht.

Was sehe ich? Wer schaut da zur durchsichtigen Katzenklappe herein? Mit dem Näschen direkt an der Klappe? Schaut herein ins Licht. Schaut und schaut. Lange. Ich schaue auch, fasziniert. Was kann das sein? Ein längliches Gesicht mit spitzem Näschen und so wachen Äuglein. Es ist doch sicher ein Igel. Es hätte gerade noch gefehlt, dass er hereinkommt. Wahrscheinlich wäre er das, hätte die Klappe in diesem Moment nach innen nachgegeben. Das wäre ziemlich dumm ausgegangen. Hinausgekommen wäre er bestimmt nicht mehr. Zu kompliziert, mit den Stufen und dem Kistchen. Und überhaupt: Noch ein Logiergast, der sich vielleicht dann noch einwintern wollte, später.

Also, ich muss ihn auf jeden Fall verjagen. Ein bisschen erschrecken. Ich klappere wild mit der Klappe. Er ist auch gleich weg. Ich mache draußen Flutlicht an. Der Schalter befindet sich direkt neben mir. Ich schließe diese Seitentüre der Garage

zur Terrasse schnell auf. Gehe hinaus. Da sitzt er. Auf dem beliebten Fußabstreifer. Hat sich eingeigelt. Es ist ein wunderschöner, wohlgenährter, großer Kerl. Und wer sitzt da noch und schaut sich das ganze Spiel an? Es ist Karli am Rand der Terrasse. Er scheint interessiert, aber er tut doch auch etwas gelangweilt. Man merkt, dass er diese nächtlichen Gartenbewohner bestens kennt. Der Igel entrollt sich, läuft ein Stückchen, schnüffelt am Pflanztrog, sucht wohl nächtliches Ungeziefer. Danke, wenn du mir die Spinnen wegfrisst. Und er spaziert den richtigen Weg, von der Terrasse in die Büsche und in den Garten weg. In die Dunkelheit.
Karli kommt ruhigen Schrittes mit mir ins Haus. Ich sperre wieder zu, lösche die Lichter. Schlafengehen. Draußen in der Nacht spielt sich nun ein Leben ab, von dem wir Taggeschöpfe nur etwas ahnen können, aber nicht viel wissen. Unsere Katzen wissen das alles. Vom Tag und von der Nacht.

29. August 2006

Nachmittag.

Aha, ein neuer Anwärter auf Katzenklappe und alles, was sich innseitig anbieten könnte. Ich entdecke ein entzückendes junges Kätzchen auf der Terrasse stehend. Grau-weiß getigert, mit schneeweißem Lätzchen und schneeweißen Vorderpfötchen. Es ist noch nicht ausgewachsen, noch mittelklein. So etwa acht Monate alt?

Es steht da und schaut gebannt auf den Katzeneingang in der dunkelbraunen Holztüre. Leider muss ich ihm da gleich seine Überlegungen unterbrechen.

Ich gehe hinaus. Das Kätzchen hat keine Scheu und sagt »Mau« zu mir. Mein Gott! Mein Herz schmilzt schon wieder dahin. So zutraulich, so ohne Arg. Und ich bin es wieder mal, die einem Lebewesen beibringen muss, dass es auf der Welt auch noch anderes gibt als Zärtlichkeit und Streicheln. Es tut mir so leid.

Nun sage ich der kleinen Katze, dass sie gehen muss und zeige ihr das mit einer wedelnden Hand. Sie läuft die Gartentreppe am Haus entlang hinunter zum Weiher. Dort legt sie sich zwischen die Randsteine am Wasser und macht den Nesttritt, um zu zeigen, dass sie sich hier wohlfühlt.

Sie weiß nicht, dass da in den zwei gepolsterten Gartenstühlen, in geschützter Ecke, gerade Karli und Malo ihr vereintes Mittagsschläfchen machen – machten. Ich sehe zwei Köpfchen über den Polsterrand schauen. Vier wache Äuglein, vier gespitzte Öhrchen.

Wie aus einem Science-Fiction-Film fallen im nächsten Moment, plopp-plopp, zwei Körper aus den Stühlen, synchron und wie im Zeitlupentempo kommen zwei Monstersoldaten im Gleichschritt, schweigend, nebeneinander auf das kleine Kätzchen zu.

Das Kätzchen verschwindet unter dem großen Buchsbaum.

Zwei Katzenwächter sitzen schweigend da, rechts und links

des Buchses, halten immer circa einen halben Meter Abstand zwischen sich. Das kleine Kätzchen faucht unter den tief hängenden Zweigen heraus. Die Wächter schweigen weiter. Nun fühle ich ein Vertrauen, eine starke Verbindung zwischen Karli, Malo und mir, und zwar insofern, als sie mich wohl solidarisch im Verband ansehen und abwarten, wie ich beschließe, weiterzuhandeln.

Es ist eine recht abstrakte Szenerie. Ich komme mir unwirklich vor, wie in einem Film, in welchem alles vorprogrammiert abläuft. Was ist nun mein Part? Ich muss als Nächste handeln. Ich klatsche also in die Hände, sage dem Kätzchen, dass es gehen muss, nicht hierher gehört, dieses Areal schon besetzt ist. Ich möchte es am liebsten in den Arm nehmen und knuddeln.

Nun kommt Bewegung in die Sache. Das Kätzchen versteht wohl, irgendwie. Wählt den Rückzug in Richtung Straße, erst mal über die breite Wiese, auf die andere Seite des Gartens. Im Zeitlupentempo gehen »wir drei« hinter ihm her. Aber durch den Zaun will das Kätzchen nicht hinaus. Nicht so völlig aufgeben. Nicht gleich.

Das muss aber sein. Malo übernimmt die Rolle, es dem Kätzchen klarzumachen. Es will nicht. So bewegen sich die beiden eng am Zaun entlang, mal außen, mal innen.

Und dann geht die Kleine doch. Aber immer wieder will sie umkehren. Malo und ich spielen das Spiel weiter, Karli bleibt am Zaun sitzen. Langsam bewegen wir uns hinter ihr her. Nun sind Malo und ich die »Monsterwächter« im Zeitlupentempo. Aber mit beruhigenden Worten.

In der großen Garten-Einfahrt des nächsten Hauses setzt sich die Kleine ab, geht dort hinein. Wir lassen es gut sein.

Ich glaube zu wissen, wo die kleine Katze zu Hause ist. Noch ein Stück die Straße hinunter. Werde mal das Frauchen ansprechen, wenn wir uns treffen, was aber selten ist. Ich möchte wissen, wie die Kleine heißt. Sie? Er?

Anfang September 2006

Erwachsene.

Malo ist jetzt im August ein Jahr alt geworden.
Es ist frappierend, wie er sich im letzten Monat im Eiltempo verändert hat. Man konnte dabei zuschauen. Sein Verhalten ist erwachsen geworden. Absolut erwachsen. Ich wage es gar nicht mehr, ihn wie ein Kind zu behandeln, anzusprechen. Es wäre unter seiner Würde. Die Würde ist auch für Tiere sehr wichtig.
Sein Gesicht ist breit geworden. Ein Katergesicht. Sein Profil ist wie das eines kleinen Löwen. Sein Blick stolz und zugleich nett und freundlich. Sein Gang ist bedacht und stelzig, nicht mehr tollpatschig. Seine Beine sind ja lang geworden, er ist groß geworden, somit sehen die Pfötchen auch nicht mehr tapsig aus. Sein Fell ist inzwischen noch länger, er ist eine absolute Schönheit. Sein buschiger Schwanz eine Pracht.
Fast ist er mir ein Neuer, Fremder geworden. Eigenartigerweise hat sich auch geändert, dass er, wenn er mit mir spielt, neuerdings seine Zähne und Krallen einsetzt. Das hat er früher nie getan. Spielte immer nur mit krallenlosen Pfötchen. Er schonte mich sozusagen. Fühlt er sich mir, meiner »Mutterschaft« entwachsen?
Jedoch: Wenn er müde ist oder sich sehr langweilt, dann spielt er noch die Rolle »kleines Katerkind«. In all seinen Gebärden und im Blick. Und er piepst mit seinem Stimmchen »Ich bin klein«.

Bisher hatte Malo noch Welpenschutz gegenüber den älteren Katzen. Das hört jetzt auf. Malo selber staunt darüber am meisten, dass er kein Kind mehr ist, eigentlich erwachsen ist. Er merkt es vor allem daran, dass er von den anderen Katzen, von

Karli und von seiner Mutter, plötzlich anders behandelt wird. Er schaut dann ganz verdutzt. Das kann er nicht verstehen. Es geschah so ganz von alleine … Plötzlich ist alles anders. Er ist groß. Und so schön.

Herrchen hat mir immer noch nicht die Papiere für Malo übergeben. Im Briefkasten, wie vorgeschlagen, fand ich die Unterlagen, den Tierpass, nicht. Ich hatte ja schon so ein Gefühl gehabt. Überlegt er sich noch einmal, ob er mir Malo überlassen will? Ich verstehe, es ist ja dann endgültig. Er sagte, Malo war seit Monaten nicht mehr bei ihm. Ich habe mich nicht um den Besitz seiner Katze Malo gerissen. Im Gegenteil. Aber da er nun sowieso bei mir lebt und nicht mehr zu ihm kommt, womit ich mich abgefunden habe – und auch Karli kennt es jetzt nicht mehr anders, was aber nicht heißt, dass er einverstanden ist –, da ist es doch nahe liegend, dass ich, ohne immer nachfragen zu müssen, für Malo und auch seine ärztliche Versorgung einstehe. Impfungen, Zeckenabwehr, worüber ich einen Terminkalender führen muss, Krankheitsfall.
So werde ich ihm die bereits angefallenen Tierarztrechnungen zuschicken lassen. Ich zahle doch nicht für »seinen« Kater, sondern nur für »meinen«.

Malo hat fast ein kleines Bäuchlein angelegt. Da muss ich wohl rechtzeitig aufpassen mit dem Futter.
Karli hat inzwischen, endlich, auch wieder eine prima Statur bekommen. Es ist so, wie es sich gehört für einen gestandenen zweijährigen Kater. Er hat jetzt, Mitte September, Geburtstag. Ein im Moment schönes, gesundes, zufriedenes Tier. Isst gut, kommt aber eigentlich nur zum Essen heim. Und das auch nicht immer. Ich sorge mich neuerdings nicht mehr. Nicht mehr so sehr. Kaum mehr. Na gut – ich verdränge es nur, aber leichter.

Rana hat auch Mitte September Geburtstag. Natürlich am selben Tag wie Karli. Sie sind ja Geschwister. Zwei Jahre alt. Macht von den Katzenbesitzern auf der Welt auch nur ein Bruchteil solch ein Theater um seine Katzen? Ich weiß zwar von einigen, aber viele sind es sicher nicht.
Und noch weniger Leute schreiben darüber, was aber natürlich bedingt, dass man sich intensiver mit ihnen beschäftigt. Nachdenkt, analysiert, beobachtet, erkennt.

Den August über hat es dieses Jahr eigentlich jeden Tag geregnet.
Die Kälte dazu hat die Zeckenaktivität eingeschränkt. Aber jetzt im September – sofort sind sie wieder vermehrt da. Aus allen drei Katzen ziehe ich wieder täglich circa fünf Zecken. Und alle drei haben Flöhe. Na toll! Trotzdem nehme ich an, dass die Stiche, welche ich neuerdings bei mir selber verzeichne, die einer Mücke sind. Schon zwei Abende habe ich sie in meinem Schlafzimmer verfolgen wollen, doch auch Mücken scheinen an Intelligenz zugenommen zu haben. Immer, wenn ich sie jagen wollte, war sie verschwunden, saß nicht im Lichtkegel der Nachttischlampe, wie es so üblich ist – und wenn ich sie dann fliegen sah, war sie dann doch wieder weg, bis ich etwas zum Schlagen aufgenommen hatte.
Ich ließ es gut sein. Nun habe ich meine Stiche. Sie wohnt sicher auch heute Nacht noch in meinem Schlafzimmer. Sie hat ein sehr starkes Surr-Organ. Sie klingt sehr ausgewachsen, hungrig und angriffslustig.

9. September 2006

Malos viereckiges neues Bettchen hat nun ein auskochbares, weiches, 80 x 80 cm-Kopfkissen hineingelegt bekommen. Weiche Decke darauf. Malo ist selig. Kann sich ganz lang machen, was er doch so gerne tut. Das Körbchen steht im Wohnzimmer zwischen Sofa und Sessel.
Wenn ich fernsehe, kommt Malo regelmäßig mit einem Schwups auf meinen Schoß gesprungen. Er schaut übrigens gerne dem Fernsehgeschehen direkt zu. Er aalt sich, fühlt sich wohl. Bleibt aber neuerdings nur eine Viertelstunde, dann springt er hinunter und geht in dieses Körbchen, wo er schnell tief und fest schläft. Da lasse ich ihn auch liegen, wenn ich noch alle Trink- und Fressschälchen richte und dann ins Bett gehe.
Alle Lichter gehen aus und Malo schläft.
Morgens ist er wieder da. Wo war er in der Mitte der Nacht? Ich weiß es nicht. Morgens liegt er entweder unten in der Halle, wenn ich herunterkomme, oder er steigt verschlafen aus einem Wäscheschrankteil im Bad, das jetzt mit Polster für ihn gerichtet ist. Malo wollte das. Na bitte. Die Katzen suchen sich so alle Wochen neue Lieblingsschlafplätze. Für den Tag und für die Nacht.

Ich fürchte mich schon vor dem nächsten langen Winter. Wie wird das sein? Mit zwei bis drei frustrierten, gelangweilten Katzen, die kaum hinausgehen in Kälte und Schnee. Alle in einem Haus. Im Moment noch unvorstellbar für mich.

Der Terrassenbau hat sich verschoben und verschoben. Demnächst ist es aber wirklich so weit.

Im September 2006

Terrassenbau!

Die Vorbereitungen sind im Gange. Viele konstruktive Gedanken sind durch meine Gedankenräume gegeistert. Zu bedenken ist auch: Wo kommen die Katzen ins Haus und aus dem Haus, wenn die alte Terrasse abgehoben, tief abgetragen ist und überhaupt die Katzen die Maschinen und die Menschen scheuen? Wenn tagelang fremde Männer herumlaufen, Maschinen unterschiedlichen Typs rattern, surren, schneiden, schleifen, stampfen. Wie und wo bekommen die Katzen ihre Ersatztür, bei der sie darauf vertrauen können, dass nicht plötzlich ein Mensch oder ein Gerät vor ihnen steht?
Mit dem Glaser bespreche ich Möglichkeiten und Voraussetzungen für eine neue zusätzliche Katzenklappe in einer der großen Scheiben des Wintergartens. – Verworfen.
Andere Möglichkeit: Die Wintergartentüre für diese Bauperiode (höchstens sechs Tage?) einen Spalt offen zu lassen und einen improvisierten Wind-Regen-Schutz außen anzubringen. – Verworfen.
Ich baue mit Hocker und umgedrehtem Wäschekorb auf einem Schränkchen eine Konstruktion im Bügelzimmer zum Aus- und Einsteigen durchs Fenster und draußen wieder herunter, für die Katzen. Mit dreiviertel heruntergelassenem Rollladen, durch den, vor allem nachts, ganz schön viel Kälte hereinströmt.
Es klappt schon die Testtage vorher prima. Die Katzen nehmen es als Spiel, finden es lustig. Für mich ist es das Üben für den Ernstfall.
Da sich der Baubeginn dauernd verschiebt, verschließe ich die Konstruktion auch wieder. Die Katzen finden es inzwischen sowieso nicht mehr interessant, weil es nicht mehr neu ist, und nehmen wieder nur den alten Weg. Das ist mir gerade recht

(die Kälte!). Hauptsache, sie kennen dann, wenn es losgeht, die Bedeutung des Reserve-Durchstiegs.

Und endlich ist es so weit. Der Bautrupp rückt wirklich an, und ich muss feststellen, alles läuft ruhiger ab, als ich die ganzen Wochen befürchtete.
Und – ich öffne den vorgesehenen Durchgang, dirigiere jede Katze dorthin, jede kapiert es, jede nimmt es selbstverständlich. Ha, das habe ich also gut vorbereitet. Die Panik im Vorfeld hätte ich mir sparen können.
Die Katzen meiden nun nicht den Garten, sondern beobachten mit Spaß, wollen immer auf dem Laufenden sein, was da getan wird. Ich staune.
Und so gehen die Tage doch ganz glimpflich dahin. Die Terrassenbau-Herren arbeiten so selbstständig, dass ich problemlos einige Termine annehmen kann, welche plötzlich anfallen, und einen Tag verbringe ich ziemlich ganz aushäusig, denn meine Enkelin Carolin wird eingeschult.
So kommt der letzte Arbeitstag. Ein bisschen Hektik am heutigen Tag. Dann die Aufräumarbeiten. Die »Spuren« werden beseitigt, vom Bagger, der hundertmal über die Wiese, durch den Garten gefahren war. Schneidegeräteplatz und Fliesenstapelplatz, wo der Boden etwas eingesunken ist. Und so weiter. Am Ende wird Humus und Grassamen auf diese gewissen Druckstellen in der Wiese geschüttet, und die Walze fährt über alles und walzt es fest. Dies nun findet Rana so toll, dass sie ganz aus dem Häuschen ist, vor der Walze hin und her springt, immerzu mitläuft, und gar keine Ahnung hat, dass der Walzenfahrer höllisch aufpassen muss, damit Rana nicht von der Walze erwischt wird. Der Chef schaut zu und spricht von der »Suizid-Katze«.

Es ist vollbracht. Ruhe kehrt wieder ein. Den Katzen gefällt es nicht, dass auf ihrer Hauptterrasse noch so viele Steinchen liegen, die ihren Füßen wehtun. Da muss noch mehrmals gekehrt werden.

An den Folgetagen kommen Möbel und Pflanzschalen nacheinander wieder an Ort und Stelle.
Es stehen auch zwei neue Außenlampen die Treppe entlang hinunter zum Törchen.
Die Katzen nehmen alles Neuhergestellte wieder als das »Ihre« an, weihen es ein mit Herumhüpfen, Fangenspielen, am Terrassenrand-Sitzen und schauen von neuer Position aus in den Garten, denn die Terrasse ist vergrößert worden.
Alles ist wunderschön geworden und durch die neuen Lampen vor allem am Abend so romantisch. Die Katzen mögen das.
Also, der Terrassenbau ist abgeschlossen und gelungen.
Nun zieht aber mit Macht der bunte Herbst ins Land.

20. September 2006

In meinem Terminkalender steht heute riesengroß, grün umrandet und gelb ausgefüllt: »Ich habe ein Jahr lang KARLI.«

Welch ein Tag!

Als ich ihn heute das erste Mal begrüßte, war er auf dem Fensterbrett im Schlafzimmer, hinter dem Vorhang, auf der blauen weichen Babydecke.

Ich wusste, dass er dort liegt. Ich hatte seine Silhouette hinter den geschlossenen Vorhängen schon gesehen, als ich zwei Stunden vorher mal ganz leise ins Bad ging. Der Zeitpunkt für das »Katzenzeremoniell« war mir aber noch zu früh. Ich wollte noch mal eindösen dürfen.

Wenn Karli auf die Fensterbank steigen möchte, dann kommt er über das Sofa, macht sich an der Rückenlehne groß, macht mit einer Pfote die Vorhangteile in der Mitte auseinander und steigt durch. Er liebt diesen Platz. Seit heute funktioniert auch wieder die Heizung. Gestern waren die Monteure hier und hatten einiges zu richten. Die Heizung ging eine Zeit lang gar nicht. Dabei waren die Abende und Nächte bereits so kalt. Nun hatte Karli es kuschelig warm. Und die Morgensonne schien auch in sein Fenster.

Er war voller Genuss und Schnurren, als ich vorsichtig, um ihn nicht zu erschrecken, schon vorher mit ihm redend, langsam den rechten Vorhang etwas aufschob. Und ich sagte zu ihm: »Karli, wir zwei haben heute Geburtstag. Einen ganz speziellen.«

Heute vor einem Jahr hatte ich die Terrassentüre geöffnet und gesagt: »Willkommen!«

Karli zeigt Selbstsicherheit und Vertrauen in mein Haus. Er schläft wieder auf dem Sofa mit Fell im Schlafzimmer. Am Tag und in der Nacht. Er hat es wieder angenommen, als vor drei Tagen die Terrassenbauer abgezogen sind, Ruhe in Haus und Garten einkehrte, alles wieder in bekannt gewohnter Schiene lief. Und er schlief dort beim allerersten Mal acht Stunden lang am Stück. Karli war derjenige von den Dreien, welcher durch den Umbau nun doch ein bisschen aus dem Rhythmus gekommen war.

Malo duldet er neben sich, ohne schiefe Seitenblicke. Und Malo ist so schlau (oder ist es Zufall), dass er nicht, sobald er Karli sieht, anfängt, ihn zu attackieren. Mit Spiel, Spaß oder Tricks.

Also, es lief heute toll ab. Fleischschälchen ist ganz leer gegessen. Die beiden schmatzten nebeneinander. Zu zweit macht doch auch das Essen mehr Spaß als alleine.

Und ein paar Fotos mit Katzen und Herbstblumen sind heute auf der neu gelegten Terrasse entstanden. Vor allem mit Malo, weil er geduldiger sitzen blieb. Dafür schaut er etwas gelangweilt drein. Die Blumenschalen stehen nach dem Umbau erst seit gestern wieder auf den Blöcken der Terrassenumrandung. Die Pracht der Knollenbegonien blüht noch, wenn es auch schon sehr herbstelt. Die nächsten Tage soll es ziemlich warm werden. Ein schwacher Ersatz für die Kinder, die in den Schulferien den August über vier Wochen lang Regen hatten. Natürlich waren auch die Katzen mit dem ewigen Schlechtwetter nicht zufrieden.

Wie gut aber, dass die Terrassenumbauten sich so lange verschoben hatten, denn jetzt im September konnten die Arbeiten ohne einen Tag Regen durchgezogen werden.

30. September 2006

Karli und Malo haben zusammen ihre Schälchen Fleisch genüsslich aufgeschlabbert, sitzen da und putzen sich. Fangen plötzlich an, sich zu balgen. Mal wieder mit Gequietsche und Wehgeschrei. Ich setze meine Hypnosestimme ein, ruhig, tief, gute, beruhigende Worte. Es wirkt. Sie können nicht weiterkämpfen, liegen da, voreinander, entspannt. Malo hat eine Vorderpfote auf Karlis Vorderpfote liegen. Karli bemerkt das, hebt seine andere Pfote und schiebt Malos Pfote von seinem Fuß hinunter.

Malo, mit seinen kleinen Tricks, steht auf, steigt kompliziert und eng an Karli, in den Zwischenräumen seiner ja noch liegenden Beine hindurch, und dann auch noch über Karlis Schwanz hinweg.

Das ist zu viel Nähe und Frechheit. Karli springt mal wieder wütend und schimpfend auf und verlässt das Haus. Geht durch die offene Terrassentüre weg in den sonnigen Herbst.

1. Oktober 2006

Vor einer Woche war ich mal zwei Tage verreist. Meine Tochter Marion versorgte die Katzen, indem sie zu den »richtigen« Zeiten kam, die Rollläden und Vorhänge morgens öffnete, den Katzen Futter gab, nachdem erst mal alle Schälchen von den nächtlichen Trockenfuttergelagen ausgewechselt waren. Das »Morgenzeremoniell« ist für die Katzen immer wichtig. Die Kinder freuten sich, mit den Katzen zu spielen, sie zu streicheln. Die Katzen kennen natürlich Marion und die Kinder gut.

Karli und Malo haben sich mehr angenähert. Karli schläft tagsüber viel hier. Malo kommt und geht, lässt sich kurz streicheln, weiß, dass alles seinen gewohnten Weg läuft, ist zufrieden. Malo steckt hinter Karli seine Ansprüche zurück, er weiß, dass Karli das ältere Anrecht hat, manchmal etwas kompliziert ist, dann von mir ein bisschen mehr gestreichelt wird, obwohl ich natürlich versuche, es bei den beiden auszugleichen. Vor allem, wenn beide gleichzeitig da sind. Es ist gar nicht so einfach.

Wenn Karli gerade meine Aufmerksamkeit hat und Malo plötzlich dazukommt, höre ich natürlich nicht abrupt auf, Karli zu streicheln. Da setzt sich Malo in einem Abstand von circa zwei bis drei Metern hin, starr, wie ein Steifftier, schaut uns nur schweigend an und wartet.

Es kann auch sein, dass er auf dem Bäuchlein angekrochen kommt, sich platt macht, wie ein Teppichvorleger aus Fell. Das tut mir dann so leid. Ich erlöse ihn sofort aus dieser devoten Haltung, streichel ihn, streichel beide, und neulich bekam ich von Karli einen kleinen Tatzenhieb auf den Hinterkopf, als ich mich zu Malo hinunterbeugte.

Ist das hier eine neue Entwicklungsphase, eine Unsicherheit bei Malo, der jetzt ein Jahr alt ist. Geht seine kindliche Unbekümmertheit nun verloren. Kapiert er, was Leben in Gesellschaft heißt, dass sein sogenannter Welpenschutz unter den Tieren nun aufgehoben ist, und merkt er langsam, dass es da Konkurrenzverhalten gibt? Noch erkennt er ja Karli, seinen Onkel, als Boss an. Karli hat ihn im Kämpfen angelernt. Nun bekommt Karli Malos Krallen hie und da zu spüren, wenn sie mal wieder balgen. Und das geschieht immer mit ausgefahrenen Krallen. Die Katzen kommen auch momentan immerzu wieder mit Blessuren irgendwo am Körper an. Karli hat im Moment einige kleine Blutkrusten, Schorfstellen im Gesicht. Auf der Nase, direkt unter dem Auge. Am Hals. Ich merke es täglich, denke dann, hoppla, eine Zecke im Fell? Aber so fühlt sich keine Zecke an. Dann lasse ich es heilen. Rühre nicht daran.

Seit dem Terrassenumbau ist Karlis Tages-Wind-und-Wetter-Liegeplatz auf der unteren Terrasse am Weiher nicht mehr wieder aufgebaut worden. Die Sitzgarnitur. Ich dachte, es ist jetzt sowieso kälter geworden, also ist es nicht so gut für ihn, immer dort zu liegen. Sicher auch oft nachts.
Er soll lieber hereinkommen. Das tut er jetzt auch öfter.
Er legt sich »irgendwohin«. Nur meist nicht mehr auf seine alten Plätze oder ins Körbchen. Aber auch das wird wieder kommen.
Er akzeptiert, dass Malo ein Körbchen in meinem Bad als momentan geliebten Nachtschlafplatz benützt.

Als gestern Abend spät auf der nächtlichen Terrasse plötzlich Katzenkampfgeräusche mit gefährlich klingendem Geschrei zu hören waren, stürzte ich zusammen mit Malo durch die Garagenseitentüre nach draußen. Licht-Alarmknöpfe an, Terrasse und Treppen hell erleuchtet, aber kein Katzenschwanz war mehr zu sehen. Malo roch alles ab. Die Sitzgruppe, die Beeteinfassung, die Treppe, den Busch. Wir gingen durch das Törchen auf den Garagenvorplatz, auf die Straße. Malo schaute und roch überall herum, in Anspannung. Aber wir fanden beide keine Spuren. Rana kam die nächtliche Straße im Laternenschein heruntergetapst. Hat von allem anscheinend nichts mitbekommen, war wohlauf. Freute sich, uns zu treffen, kam mit ins Haus, ließ sich durchstreicheln. Schnurrte. Ihr Herrchen ist vielleicht wieder verreist. Wochenende. Wieder alleine? Ohne Ansprache? Ich merke es doch eigentlich immer an Ranas Verhalten. Also rede ich mit ihr – und sie mit mir, ich streichel und kuschel sie durch, bis sie ungeduldig ihr Leckerli fordert. Die süße Maus. Solch ein toller Charakter, diese Rana.

Heute Morgen komme ich herunter. Ein Blick – welche Katze ist gerade da? Oben war heute niemand. Ich schlief lange aus. Sonntag. Da sitzt doch der kleine Malo auf dem kleinen Teppich an der Wintergartentür. Diese Türe ist zurzeit auch nachts offen.

Da sitzt er und schaut nur und rührt sich nicht. Traurig? Gelangweilt? Alleine gelassen?

Ich nehme das kleine (große) Fellkind in den Arm. Setze mich auf den breiten weißen Hocker und er kuschelt sich auf meinem Schoß zu einem Ring. Fängt langsam an zu schnurren. Fängt an, mit meinen Jackenknöpfen zu spielen, daran zu knabbern. Ein ganz kurzes Fellputzen, die trockene, raue Zunge fährt wie aus Versehen auch über meine Hand.

Da merke ich, dass es ihm langsam wieder gut geht. Als das Schnurren leiser wird und ganz aufhört, ist er eingeschlafen.

So sitze ich nun und möchte ihn nicht ablegen. Er soll vertrauensvoll auf meinem Schoß schlafen können. Ich will mir die Zeit dazu nehmen. So habe ich es auch mit Karli gemacht, als er es brauchte.

Da sitze ich und habe das Gefühl, mein Rücken ist ein ganz rundes Teil geworden, wie ein Ballon. Er fängt an zu ziehen und es setzen Hunderte von Nadeln ihre Stiche an. Sie werden zum permanenten Schmerz. Und ich stelle am Schlag der Kirchturmglocke fest, ich sitze nun genau eine halbe Stunde auf diesem Hocker mit Malo auf dem Schoß. Manchmal schnurrt er, lässt sich kraulen, hört meine beruhigenden Worte, schläft wieder ein.

Es gelingt mir, ihn in seiner Gesamthaltung hochzunehmen und auf das Sofa hinter mir zu legen. Malo schläft weiter.

Eines seiner Hinterbeine streckt sich im Schlaf, macht sich ganz lang. Es ist das Bein, an dessen Oberschenkel die genähte Wunde war. Sie ist völlig problemlos verheilt, das Fell ist drüber gewachsen, alles wieder in Ordnung.

5. Oktober 2006

Kann es sein, dass Mäuse-und-Vögelfangen und diese als Trophäe hereinbringen (und einem vor die Füße legen) eher als »Jugendsünde« zu sehen sind? Dass das Interesse an diesem ganzen Aufwand nachlässt mit dem Alter und den immer gut gefüllten Fressnäpfen? Ich würde mit »Ja« abstimmen. Wenn man die Katzen beobachtet, besteht das Jagdgebaren eigentlich nur noch aus Gesten.

Dort in der Ferne sitzt ein Vogel am Wiesenrand unter dem Busch. Ein paar Mal kurz mit den Füßchen trippeln. Flach hinlegen. Anvisieren. Ohren zurück. Ein bisschen den Körper durchzittern. Auf Absprung ... Aber der Absprung findet nicht statt. Die Haltung wird wieder gelöst.

Und wie ist das mit den Mäusen? – Was, wir sollen Mäuse im Garten haben? Das kann ich mir nicht vorstellen. Ich habe schon lange keine mehr gesehen.

Heute ist ein guter Tag. Irgendwie ein Katzentag.

Als ich vom Einkaufen heimfahre, komme ich bei unserem schmalen Weg fast nicht durch. Am linken Straßenrand bei der Friedhofshecke sitzt die kleine graue Katze, welche schon mal zur Katzenklappe hereinkommen wollte. Sie sitzt da, geht meinem Auto nicht aus dem Weg und schaut wie paralysiert zur anderen Seite hinüber, zur Böschung, auf der die große Tujahecke alles ein bisschen dunkel macht. Ja, dort sitzt dick und rabenschwarz Moritz. Die beiden schauen sich an und schauen sich an und ich halte mit dem Auto und schaue sie auch an. Eine lächelnde Dame geht zwischen uns hindurch und schaut uns alle an. Langsam gelingt es mir, mein Auto vorbeizumanövrieren. Als ich dann zurückblicke, sitzen sie noch unverändert dort und schauen jeweils hinüber zum anderen.

Im Vorgarten begegne ich Karli und Malo, als sie bei den drei Farnbüschen miteinander spielen. Anpeilen, anschleichen, anhüpfen, aber nicht verkeilen. Einmal beginnt der eine, dann der andere. Ganz locker. Ganz lässig. Ganz selbstverständlich. Ganz zufrieden.

Kurzes Telefongespräch mit »Herrchen«.
Und »HURRA!« ich bekomme Malos Papiere in den Briefkasten!
Malo gehört nun offiziell zu uns!

Oktober 2006

Episoden

Karli ist wieder mein viereckiger Kater geworden, mit dem schönen breiten Katergesicht. Ich sehe nur noch selten weite Angstaugen. Wenn er hereinkommt, schaut er nicht mehr herum: Wo sitzt der Feind? Woher naht die Überraschung, der Überfall? Er schaut nur: Wie ist die Lage?
Malo und er spielen zurzeit ein eigenartiges Spiel: Der eine legt sich demonstrativ auf den Schlafplatz des anderen. So kann es aber auch kommen, dass beide in einem Körbchen beieinanderliegen. Ich habe so laut »Hurra« gerufen, als ich es eben sah, dass Karli den Kopf hochriss. Pardon. Pardon. Ich gehe ja schon.

Hoppla, ich denke, marschiert da eine Bratkartoffelpfanne durchs Zimmer, so sehr stinkt es plötzlich nach gerösteten Zwiebeln.
Aha, Malo ist nach Hause gekommen. Wo hat er wieder gesteckt, der Schlingel? Wo gab es heute diese köstliche Mahlzeit?

Ich sehe, wie Rana in der Küche die Anrichte anpeilt. Sprungbereit, mit stierem Blick. Ich stoppe sie doch noch mit meinen Worten. Schaue, warum will sie denn da hinauf? Dort steht ein kleiner weißer Teller mit einer in Butter gebratenen Wollwurst. Vom Mittagessen übrig geblieben, zimmerwarm, abgedeckt mit Klarsichtfolie um den ganzen Teller. Und trotzdem riecht sie durch? Rana, die niemals ein Stück Wurst, Käse oder sonst etwas Frisches annimmt, diese Rana bettelt jetzt. Ich schneide drei dünne Scheibchen in ein Katzenschälchen … Und Rana frisst alles auf. Mehr gebe ich ihr lieber nicht.
Aber ich kann es gar nicht fassen.

Rana kommt von Garage, Bügelzimmer, Küche in das Esszimmer. Sie sitzt und leckt sich genüsslich das Mäulchen. Sie hat unterwegs, durch die Räume, an den verschiedenen Essplätzen gut gespeist.
Ich sage »Ja, Rana-Mäuschen«, und Rana antwortet »Mau«. Fast wie »Mau«. Aber nicht »Raa«, welches eigentlich ihre Sprache ist. Mit Behagen lässt sie sich den Rücken streicheln. Dann möchte sie zur Terrassentüre hinausgelassen werden. Sie unterstreicht es mit dreimal »Mau«. Fast wie »Mau«. Aber ich staune. Es ist wirklich nicht »Raa«. Ich öffne ihr die Türe, sie geht. Aber als sie die Kurve nimmt, sagt sie noch einmal »Mau«. Abschiedstöne bin ich von ihr gewöhnt, denn sie verabschiedet sich eigentlich immer. Aber heute heißt es »Mau« – Fast wie »Mau«.

Ab Mitte der Nacht haben Karli und Malo im Schlafzimmer geschlafen. Zusammen. Ich hatte Malo einfach zu Karli dazugelegt. Sie begrüßten sich Näschen an Näschen und blieben gleich so liegen.
Morgens tapsen sie mir verpennt ins angrenzende Bad nach. Ich knie mich auf den weichen weißen Flokati, um sie zu streicheln, und habe nun an einer Seite einen schnurrenden Karli und auf der anderen Seite einen schnurrenden Malo. Dieses Einvernehmen habe ich mir schon so lange gewünscht.

Karli hatte sein Nachmittagsschläfchen auf dem Sofa gemacht.
Hallo, mein kleiner Karli, hast du ausgeschlafen? Er streckt sich. Die Vorderbeine lang, die Hinterbeine lang. Schnurrt. Fühlt sich wohl. Ich kraule ihn im Liegen, nehme ihn dann auf den Arm. Karli, du riechst ja so anders. Dein seidiges Fell duftet nach einem anderen Frauchen. Ganz dezent, ganz fein. Was für ein gutes Parfüm dieses andere Frauchen benützt.

Wenn ich nur wüsste, wo du gewesen bist. Wohin gehst du, wenn du nicht hier bist? Denn du bist ja kein Streuner. Wenn du weg bist, liegst du sicher auf einem anderen Sofa, in einem anderen Körbchen. Lässt dich woanders verwöhnen, du kleiner Doppelgänger. Wenn es dir nur gut geht. Na ja. Ich möchte dringend wissen, wo du noch »wohnst«. Manchmal wäre es einfach wichtig. Man könnte sich ja über gewisse Dinge absprechen.

Derselbe Tag. Ich sitze vor dem Fernseher beim Abendprogramm. Karli kommt von draußen, ich höre die Klappe gehen. Es dauert nur etwas, bis er das Wohnzimmer erreicht. Wahrscheinlich hat er erst noch schnell gegessen. Denn gegessen wird hier dauernd. Beim Rausgehen – beim Hereinkommen – und zwischendurch.

Also, Karli springt freudig auf meinen Schoß. Was rieche ich? Intensiven, durchdringenden Zigarrengestank. Aber schon soo! Mein vorher duftender Karli stinkt abscheulich. Hat er denn da eine ganz neue Familie aufgetan? So war das noch nie vorher. Ist es vielleicht folgendermaßen: Während des Tages besucht er Frauchen, welche duftet. Am Abend ist Herrchen daheim, der stinkt. Soll das so weitergehen?

Ich treffe unsere Tierärztin. Sie fragt mich, ob ich die kleine, graue Katze in unserer Straße kenne, mit den weißen Pfötchen. Noch nicht ausgewachsen. Noch ein Kind – und wem sie gehört. Ich kenne sie natürlich, aber ich weiß ihr Zuhause nicht.

Diese kleine Katze hat die Tierärztin heute Nachmittag von der Straße aufgeklaubt. Da lag sie. Tot. Überfahren, sagt sie. Und mein Malo saß bei ihr. Mein kleiner Malo. Nun ist er schon mit dem Tod konfrontiert worden. Hat er sie beim Sterben begleitet? Waren sie Freunde gewesen?

Im Oktober 2006

An meine kleine Katze!
Hallo, du Zärtlichkeit. Hallo, du Hingabe in völligem Vertrauen. Du Blick aus der tiefsten Tiefe des Herzens. Auge in Auge im Einssein, im Schweigen, dem Nicht-Reden-Müssen. Nur flüstern – hie und da. Einzelne leise Schnurrtöne. Das kleine liebe Gesichtchen. Die Äuglein dann geschlossen. Die Pfötchen halten meine streichelnde Hand. Nur kleine Kraulbewegungen im weichen Fell. Mehr würde die vertraute Hingabe stören. Das Sich-fallen-lassen-Dürfen.
Wir sitzen in der Dämmerung, der schleichenden Nacht, im Wintergarten. Aus einem entfernten Raum dringt leise Musik zu uns. Die Wolkengebilde draußen am beginnenden Nachthimmel sind bizarr. Ziehen im letzten Lichtschimmer. Einige Fenster legen den Garten in diffuses Licht, das Büsche, Bank und Zaun nur erahnen lässt. Im Nachbarhaus flackert aus dem ersten Stock das typische bläuliche Zittern eines laufenden Fernsehers.
Wir sitzen im bequemen Stuhl und du kleine Katze mit dem Profil eines Löwenbabys darfst schlafen und wachen und schnurren und dich aalen, ganz lang machen auf meinem Schoß, in meinem Arm, bis zu meiner Halskuhle hinauf und dein Köpfchen dort betten.
Dein kleines Pfötchen streckt sich und berührt zärtlich meine Wange, mein Kinn, fährt ganz vorsichtig ein bisschen die Krallen aus, um sie sofort wieder einzuziehen. Die kleinen heißen Fußballen streichen liebevoll mein Gesicht, gleiten wieder in meine Hand, bleiben dort vertraut liegen.
Hallo, du Zärtlichkeit, du Vertrauen.
Hoffentlich muss ich dich nie mehr im Leben enttäuschen.
Ein Wunschdenken.
Hallo, du duftende, weiche, schnurrende, kleine Katze.

Fast ein Jahr später.

Ranas Herrchen ist im Frühjahr weggezogen aus unserer Strasse. Weg von „zwei Häuser weiter“. Weg von uns. Und er hat Rana mitgenommen. Natürlich. Er hat es uns nicht einmal gesagt. Bis heute nicht. Ich habe natürlich damals all die Umzugs-Vorbereitungen mitbekommen. Da standen die Haushaltsmaschinen im Freien an der Hauswand entlang und Kisten und Umzugsschachteln. Malerauto, Staffeleien und Farbkübel ein paar Tage lang im Vorgarten. Na, ist ja nicht schwer, dabei auf den Gedanken eines Wohnungswechsels zu kommen.
Das Hin und Her dauerte Wochen lang und dann war eine Familie mit zwei kleinen Kindern eingezogen.
Ich traf sie einmal vor ihrem Haus an und stellte mich ihnen vor. Erzählte von den Katzen. Ich dachte, es ist immer gut, wenn Nachbarn wissen, welche Tiere wohin gehören. Erzählte auch von Rana, die ja nun ausgezogen ist. Fort von ihrer Katzenfamilie, fort von ihren Gärten, fort von uns.
Und da erfuhr ich, dass diese Familie bekannt ist mit Ranas Herrchen. Dass sie Bescheid wissen. Und nun erzählten sie mir, dass Rana nicht mehr lebt.
Rana war dort, wo sie hingezogen sind, vom Zug, oder Auto angefahren worden, hatte sich nach Hause geschleppt.
Die Nachricht ist traurig: Sie konnte nicht gerettet werden. Unsere kleine geliebte Rana gibt es nicht mehr.

Karli und Malo, meine Beiden, sind jetzt wie zusammengeschweißt. Wie zwei engste Busenfreunde. Sie leben in absoluter Harmonie. Brauchen sich, mögen sich, unternehmen fast alles wie mit Selbstverständlichkeit miteinander.
Sie sind nun Beide wirklich ausgewachsen, mit schönen Körpern, schönen Bewegungen, mit einer absoluten Würde. Und mit einer absoluten Anhänglichkeit.

Eines Tages trat sich Karli wohl einen Dorn in sein Füßchen, hinten rechts. Ein riesen Abszess war die Folge. Er musste operiert werden.
Über zwei Wochen lang trägt er nun schon einen keulenartigen, dicken Verband, der arme Kleine. Muss im Haus bleiben. Ein- bis zweitägig fahren wir zum Verbandwechsel in die Tierklinik.
Tagsüber trage ich ihn an verschiedene Plätze in meinem Garten, damit er im geliebten Gras liegen kann, die gewohnten Naturgeräusche hört, die Vögel fliegen sehen kann. Ein bisschen hier riechen, ein bisschen dort schimpfen über den fremden Duft des Nachbarkaters.
Ich hatte ihm ein „Katzen-Geschirr" gekauft, aus rotem Samt, die Leine noch etwas verlängert. Er durfte anfangs nicht viel laufen, er tritt ja dummerweise genau auf den Operationsschnitt, der mit 4 Stichen genäht worden ist.
Wenn er abends um 9 Uhr, 10 Uhr vor mir steht und mich anpiepst, mit ganz bittendem, kleinem Stimmchen, dann weiß ich — noch mal rausgehen. Ich bringe es nicht übers Herz, ihm die Bitte abzuschlagen.
Dann liebt er es, beim Haupteingang im Vorgarten herumzuschnüffeln, bei Straßenlaternen- und Gartenlicht, mich von dort zur Straße zu ziehen, ein bisschen zu schauen, ein bisschen zu schimpfen, weil vor Tagen genau hier eine ganz fremde Katze aufgetaucht war. Heute zwar nicht — aber geschimpft und geknurrt muss werden, in Erinnerung.
Dann geht sein Weg quer über die Strasse. Und hier am Garteneck mit all dem Unkraut, da riecht es am besten. Da riecht es nach allem. Jedes Grashälmchen wird andächtig, fast zärtlich, beschnüffelt. Ganz lange, ganz wichtig. Und dann verschwindet Karli im Gestrüpp, beim Einschlupf in seinen geliebten verwunschenen Garten.
Derjenige Garten, in dem ihn einst, ganz am Anfang, als ich ihn aufgenommen hatte, die Saatkrähen angefallen hatten.

Dieser geheimnisvolle Garten, den meine Katzen lieben, der umgeben ist von dichten Sträuchern, uneinsehbar für mich, aber für die Katzen der tägliche Weg in Gefielde, in Gegenden, in Aufenthaltsorte, die mir bis heute nicht bekannt sind. Orte, von denen sie oft schlaftrunken, sonnendurchwärmt, glücklich, manchmal erlebnisbeladen aufgeregt zurückkehren.
Aber zur Zeit ist ja Leinenzwang und es gibt kein Abtauchen in dieses mir Unbekannte. Es gibt nur Schnüffeln am und ein bisschen im Gebüsch.
Die Leine verschwindet bis zur Hälfte mit ihm. Weiter darf sie nicht.
Und es wird ganz still, als ob es keinen Karli mehr gäbe. Dann liegt er da drinnen, wenn ich die Zweige auseinander biege, vorsichtig nachsehen will im Laternenlicht, aber ich kann ihn nur erahnen. Er genießt.
Und ich stehe draußen, mit nur einem Stück sichtbarer roter Samtleine in der Hand und lasse ihm sein kleines Glück.
Wie oft regnet es in diesen Tagen. Da stehe ich und werde voll genieselt, wobei meine Dauerwelle sich zum Afrolook kringelt. Karli aber liegt im Blätterzelt trocken und geborgen.
Manchmal begleitet uns Malo auf unserem kurzen Spaziergang. Er saust und hüpft und spielt.
Er ist glücklich, dabei zu sein. Wir sind dann wie eine kleine Familie. Malo findet immer und jederzeit etwas zum Spielen. Ein trockenes Blatt, ein Zweiglein, das geknotete und fransige Ende der Leinenverlängerung. Oder er muss über die Leine springen. Vielleicht auch geduckt darunter durch kriechen. Mein sonniger kleiner Moppel Malo im Laternenlicht.

Der Tag wird kommen, da ziehen sie wieder gemeinsam los, wie so oft, durch die Gärten und Wege, von denen ich keine Ahnung habe und kommen auch wieder gemeinsam zurück, die Beiden, stürzen sich, hungrig vom Erlebten, auf ihre Fressnäpfe und suchen dann irgendwo ein Plätzchen zum Träumen.

Karli
Herbst 2005

Rana
Oktober 2005

Rana

Der kleine Kater
Winteranfang 2005

Kleiner Kater
und
Karli auf der Terrasse, Winter 2006

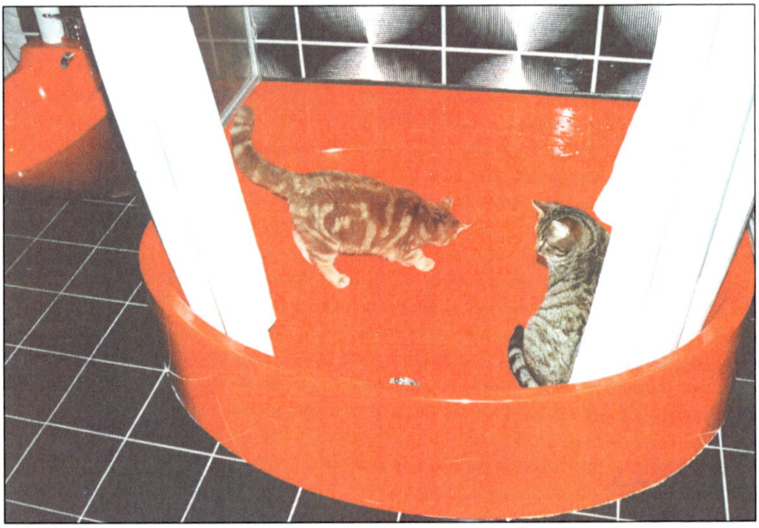

Alle 3 in der Dusche.
Wassertropfen beobachten.

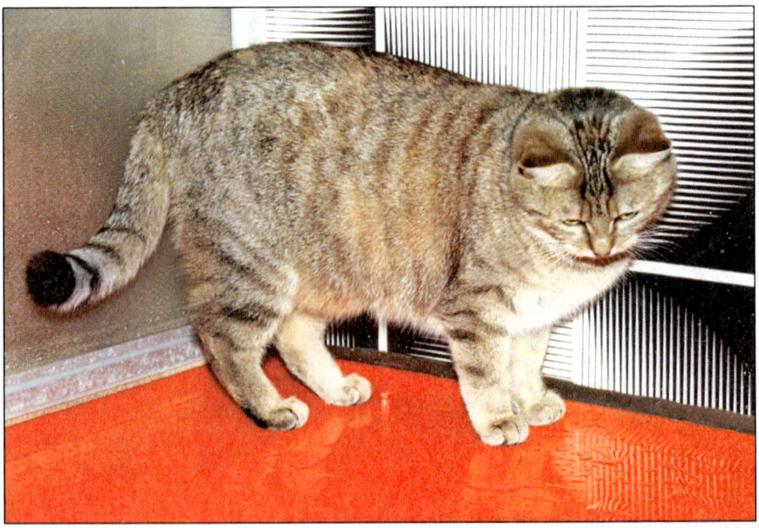

Kuscheln
am Eckfenster und
auf dem Schaf-Fell.

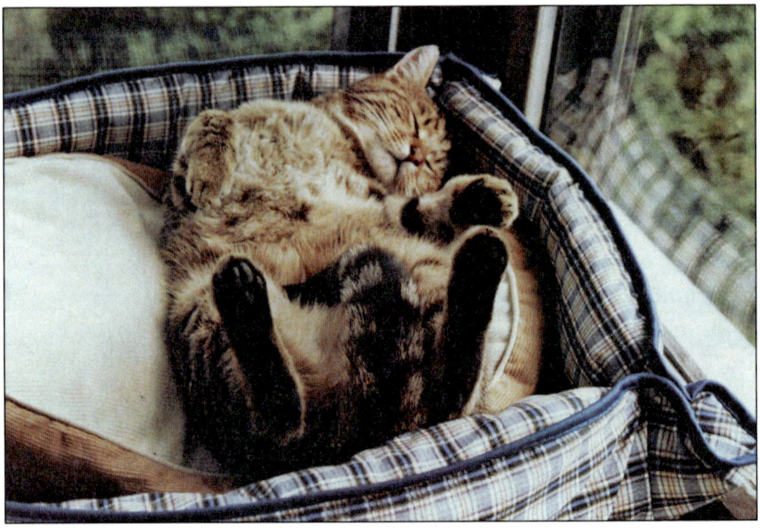

Gemütlichkeit

Rana
und Malo, im Frühling 2006

Rana

Augen

20. Sept. 2006
Karlis „Jahrestag“

Malo gratuliert
mit Blumen

Malo möchte immer
spielen, immer kämpfen.

Karli,
Oktober 2006

Rana, Oktober 2006

Karli in der Sonne

Hallo, kleiner Moppel,
Malo

Malo

Die Autorin und Malerin Monika Lucia Zistl, geb. 1940 in Berlin lebt in der Nähe von München.
Sie hat 3 Kinder und 5 Enkel.

Seit 1989 ist sie freischaffende Malerin und führt seit 1997 eine eigene Malschule für abstraktes Malen.
Sie gibt Seminare und Workshops im In- und Ausland. Präsentiert ihre eigenen Bilder auf Ausstellungen und Messen im In- und Ausland und in Kunst-Journalen.

Im Jahr 2005 erschien ihr Buch: »Dinge, die mir zugeflogen«, Bilder und Texte. K. Fischer-Verlag.
Es sollte bald der nächste Band folgen, aber plötzlich kamen »Karli und Co« in ihr Leben. So entstand erst einmal in tagebuchartigem Stil dieses liebevoll geschriebene Buch aus dem Leben mit 2 1/2 Katzen.